如果我在稻田里，录下一年四季田野中的声音，一定会非常美妙吧

秋意高远，雁过无声。 收获是这个时节最重要的主题

做三四月的事，到十月自有答案

我们在春天播种，并预约秋天的收获

已识乾坤大，犹怜草木青

每一次下田劳作，都成为一个契机，让我停下脚步，想一想
来时的路，想一想要去的方向

一棵树出现的时候，一条河出现的时候，一片田出现的时候，人就可以很快回归到自然状态，成为一只鸟，一只松鼠，一只鱼，一只蜻蜓；松弛，随意，轻盈，自在，这些随即附体

若干年后，我也应该会庆幸，自己曾在水稻田里，拥有这样
一段简单而宁静的时光

此刻，水稻田里稻花绽放，蹲下身来细细观察，一枝一枝的稻花从颖壳里伸出，仿佛纤细透明的高脚杯，随风飘摇，甚是美丽

我经常就这样坐在田埂上，望着眼前的水稻田出神，耳边回响着这大自然的声音

我们就这样来到田间，眼前是一整个秋天

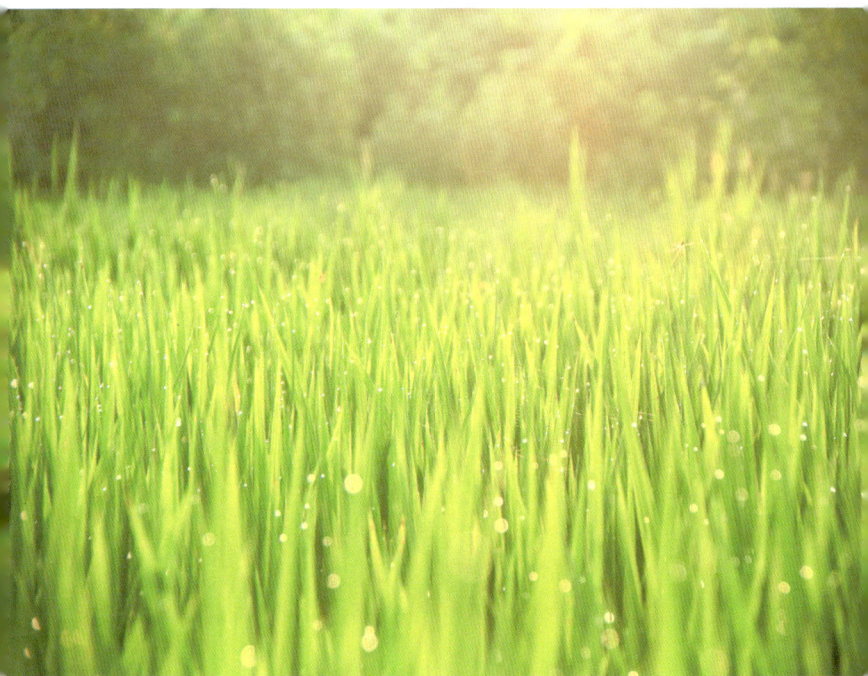

目光清澈的人，早晚都会在稻田相见

一日不作
一日不食

著 周华诚

GUANGXI NORMAL UNIVERSITY PRESS
广西师范大学出版社
·桂林·

图书在版编目（CIP）数据

　　一日不作，一日不食 / 周华诚著. —桂林：广西师范大学出版社，2020.7
　　（雅活书系）
　　ISBN 978-7-5598-0975-9

　　Ⅰ. ①一… Ⅱ. ①周… Ⅲ. ①散文集－中国－当代 Ⅳ. ①I267

　　中国版本图书馆 CIP 数据核字（2020）第 060043 号

广西师范大学出版社出版发行

（广西桂林市五里店路 9 号　邮政编码：541004）
网址：http://www.bbtpress.com
出版人：黄轩庄
全国新华书店经销
广西民族印刷包装集团有限公司印刷
（南宁市高新区高新三路 1 号　邮政编码：530007）
开本：787 mm ×1 092 mm　1/32
印张：10.375　字数：150 千字
2020 年 7 月第 1 版　2020 年 7 月第 1 次印刷
印数：0 001~5 000 册　定价：68.00 元

如发现印装质量问题，影响阅读，请与出版社发行部门联系调换。

无论如何，你的生活将从此寻得自己的道路，并且那该是良好、丰富、广阔的道路，我所愿望于你的比我所能说出的多得多。

——里尔克

总　序

周华诚

　　"雅活书系"陆陆续续出来了，受到不少读者的欢迎，编辑约我写一篇总序，我遂想起当初策划此书系的缘由。入夜，又细细翻阅书架上"雅活书系"已出的20余种书，梳理并列出将出的近10种书的书名，不由心潮起伏，感慨系之，于是记下我的片断感受。

　　"雅活"这个概念，并非现在才有，中国实古已有之。举凡衣食住行、生活起居、谈琴说艺、访亲会友、花鸟虫鱼、劳作娱乐，这日常生活里的一切，古人都可以悠然有致地去完成。譬如，我们翻阅古书，可见到古人有"九雅"：曰焚香，曰品茗，曰听雨，曰赏雪，曰候月，曰酌酒，曰莳花，曰寻幽，曰抚琴；又见古人有"四艺"：品香、斗茶、挂画、插花。想想看，"雅活"的因子，覆盖了日常生活的方方面面；也可以说，"审美"这个东西，已渗入中国人的精神血液里头。

明人陈继儒在《幽远集》中说：

香令人幽，酒令人远，石令人隽，琴令人寂，茶令人爽，竹令人冷，月令人孤，棋令人闲，杖令人轻，水令人空，雪令人旷，剑令人悲，蒲团令人枯，美人令人怜，僧令人淡，花令人韵，金石鼎彝令人古。

这样一些生活的风致，似乎已离时下的我们十分遥远。随着社会节奏的加快，人们匆促前行，常常忽略了那些诗意、美好而无用的东西。

美的东西，往往是"无用"的。

然而，它真的"无用"吗？

几年前，我离开从事多年的媒体工作，回到家乡，与父亲一起耕种三亩水稻田，这一过程让我获益良多。那时我已强烈地感受到，城市里很多人每日都在奔波，少有人能把脚步慢下来，去感受一下日常生活之美，去想一想生活究竟应当是什么样子。

山静似太古，日长如小年。
余花犹可醉，好鸟不妨眠。
世味门常掩，时光簟已便。
梦中频得句，拈笔又忘筌。

当我重新回到乡村，回到稻田中间，开始一种晴耕雨读的生活时，我真切地体会到内心的许多变化。我也开始体悟到唐庚这首《醉眠》中的"缓慢"意味。我在春天里插秧，在秋天里收割，与草木昆虫在一起，这使我的生活节奏逐渐地慢了下来。城市里的朋友们带着孩子，来和我一起下田劳作，插秧或收获，我们得到了许多快乐，同时也获得了内心的宁静。

我们很多人，每天生活在喧嚣的世界里，忙碌地生活和工作，停不下奔忙的脚步。而其实，生活是应该有些许闲情逸致的。那些闲情雅致或诗意美好，正是文艺的功用。

钱穆先生说："一个名厨，烹调了一味菜，不至于使你不能尝。一幅名画，一支名曲，却有时能使人莫名其妙地欣赏不到它的好处。它可以另有一天地，另有一境界，鼓舞你的精神，诱导你的心灵，愈走愈深入，愈升愈超卓，你的心神不能领会到这里，这是你生命之一种缺憾。"

他继而说道："人类在谋生之上应该有一种爱美的生活，否则只算是他生命之夭折。"

这，或许可以算是"雅活书系"最初的由来吧。

"雅活书系"，是一套试图将生活与文艺相融合的丛书。它有一句口号："有生活的文艺，有文艺的生活。"在我们看来，文艺只是生活方式的一种。文艺与生活，本密不可分。若仅有文艺没有生活，那个文艺是死的；而若仅有生活，没有文艺，那个生活是枯的。

"雅活书系"便是这样，希望文艺与生活相结合，并且通过一点一滴、身体力行，来把生活的美学传达给更多人。

钱穆先生所说的"爱美的生活"，即是"文艺的生活"。下雪了，张岱穿着毛皮衣，带着火炉，坐船去湖心亭看雪。一夜大雪，窗外莹白，住在山阴县的王子猷想起了远方的老友戴逵，就连夜乘船去看他；快天亮时，终于要到戴家了，王子猷却突然返程，说："吾本乘兴而行，兴尽而返，何必见戴！"同样，还是下雪天，《红楼梦》里的妙玉把梅花瓣上的白雪收集起来，储在一个坛子里，埋入地下三年，再拿出来泡茶喝。也有人把梅花的花骨朵摘下，用盐渍好，到了夏天，再拿出来泡水，梅花会在沸水作用下缓缓开放。

——这都是多么美好的事！

生活之美到底是什么？从这套"雅活书系"里，每一位读者或许能找到一点答案。当然，这并不是"雅活"的标准答案，生活本无标准可言——每个人的实践，都只是对生活本身的探寻。而当下的生活，如此丰富，如此精彩，自然也蕴含着无比深沉的美好。"雅活书系"或许是一束微弱的光，是一个提示，提示各位打开心灵感受器，去认识、发现、创造各自生活中的美好。

很荣幸，"雅活书系"能得到读者们的喜欢，也获得了业内不少奖项。我愿更多的人，能发现"雅活"，喜欢"雅活"；能在"雅活"的阅读里，为生活增一分诗意，让内心多一丝宁静。

写完此稿搁笔时，立夏已至，山野之间，鸟鸣渐起。

2019年5月6日

序

　　我在稻田里走来走去。这是稻田里的小旅行。我有时想，风景并不是只有远方才有，心里有远方，熟悉的地方也能看见美。

　　离稻田六七百米，有一条溪流。我唤它桃花溪。我有时去溪里玩，徒手捉螃蟹，徒手捉鱼，或是脱了衣服，游一会儿泳。

　　当我在稻田或是在溪中，我会觉得，我是有故乡的人，我是有桃花溪的人。

　　在稻田边上，看夕阳一点一点落下去。坐在家中露台，喝一碗茶，雨水打在瓦背，稻田隐于雨雾之中。我背后的山谷，雨水在森林里汇聚，生灵万物，欣欣向荣。

我想，我有两块水稻田，一块在土地上，一块在人心里。

2020年1月20日

目录

【卷四 桃花酒】

【后记】

【附录】

　　散文就是人在天地间的活法

卷 一

侘 寂 帖

田埂上的里尔克

花香满径——我是说，田埂上美好的事物太多了。金银花是攀爬状，在灌木丛中开出袅袅娜娜的双色花朵。水芹的白色小花细密而整齐，从水沟里举起花束。盛大的柚子花香已然落幕，在与这个季节擦肩而过时居然还留下了一丝余香，如同用了好闻香水的女人，走后很久，房间里依然有令人恍惚的暗香。天地之间，田野之上，此刻是草木们的大房间，我要赞颂它的丰富与精彩。

两位朋友来乡野看我，我把他们带到了田埂上。我用这样的方式会客——端出大自然的果盘。蓬蘽（土话叫作"妙妙"）红通通的，却并不多了，只有少数几颗藏在叶片底下。无疑，这是村庄里的孩子们巡查好几遍之后遗漏下的。我们如获至宝，摘下丢进口中，尝到了童年的滋味。酸模（土话叫"酸咪咪"）正在结它的果实，其果实呈薄片状，一串一串好看极了，仿佛是挂满枝头的风铃。揪来一根酸模，把茎放进口中细嚼，能嚼出酸溜溜的味道，可惜它已经很老了。野燕麦（土话叫什么，我忘了），高出别的杂草一尺二尺，弯腰垂挂它的果实。这种燕麦仿佛是一种粮食，居然迫不及待，在这时候已率先奔赴成熟之途。我揪下野燕麦的果实，放进嘴里嚼，能嚼出甜丝丝的混合了青草汁水的味道。它的米浆像奶一样白，尚没有凝固。朋友揪了几把野燕麦扎成一束，这是可以用来插花的好花材。

桑葚也快要成熟了——我们在田头发现一棵桑树，上面结满果实，可惜想象中的黑紫色的果实一颗都没有出现，大部分都只是有点点猩红，果子口感偏酸。一只蚂蚁在桑葚枝上勤勉来回，探头探脑，我认为它已经把每一颗果实的成熟日期都编排好了。

没有谁能比它更了解这些桑葚。尽管如此，我还是霸道地摘了几颗桑葚来吃——跟对待任何美好的事物一样，除了尽可能多地打开感官去感受，你别无办法。

这是五月二日傍晚的稻田。朋友来看我，我就把他们带到田埂上，大地、田野，此刻俨然是我的居所。我邀请朋友驻足，细细聆听鸟语。鸟们的音色极为丰富，长的短的，低声部和高声部，转调，奏鸣曲，小夜曲……毫无疑问，这是一场盛大的演出。这么多种类、如此繁复而长时间、这般阵容庞大的演出，很显然已经让我亲爱的朋友们震撼了。我问他们，对于鸟语乐团的演出有什么看法。他们认真思考，字斟句酌地说：天哪，没想到，稻田里真的有这么多鸟鸣，而且，这么清晰。是的，他们曾在我的微信里听到过鸟鸣，那是我用手机录的"十二秒鸟鸣"，很多人也听过了；但是，一旦置身于真正的原生态的艺术现场，那纤毫毕现、纯洁无瑕的音色之美，还是令他们感动。

我可以负责任地说，用任何摄录设备记录、存储、传输这些鸟鸣，都会使鸟鸣的美好损耗过半。每一只鸟儿对于自己声音细微之处的处理，有它自己独到的见解，每一次发声都融入了它的半生经验。而用手机摄录和传输是对美好声音的轻慢。此时的寂静之声，唯有闭上眼睛，用耳朵来细细聆听，用心灵来触摸感动。

我叫不出那些鸟儿的名字。如果我能像我的朋友阿乐那样，是一位鸟类摄影高手；或者像钱江源国家公园古田山保护区的陈声文那样，是一位植物学或鸟类学的专家——那么我只要远远地打量一下那些鸟儿，就能很轻易地报出它们的名号，事情就会变得有趣得多。白鹭两三只，从我们的眼皮底下展翅起飞，过一会儿又有两只鸟儿从田间起飞，一会儿又有一只起飞，随后又降落。灰头麦鸡、须浮鸥、四声杜鹃、雨燕、树鹨、山鹨、灰山椒鸟、白头鹎等，这些鸟们，一定都是我们稻田里的常客，它们就在这个黄昏，就在我眼前这片尚未翻耕的稻田里起起落落，而我无能为力。我无法言说，无法让鸟儿感

被一树梨花挡住去路

在春天，我被一树梨花挡住了去路。

中午，我想走到田野中去，我知道不远的地方，有那层层叠叠的梯田。那儿已被金黄的油菜花所覆盖。

面前的小道有无数条，但我并没有慌张（没有人们惯常有的选择困难症），因为我早已知道，随便走上哪一条小道都没有问题，我不用患得患失。前面铺满美景，每一条小道对我都很公平。

于是我随随便便地走进了一条小道。

过了不久，我就被一树梨花挡住了去路。

接着是一小片紫云英。

接着是一丛繁密的蔷薇科野花。

接着是一坡星星点点的阿拉伯婆婆纳（真的是老朋友一样随处可以见到）。

接着是几株开着零乱的白花的蓬蘽。

——节外生枝的事情真多。

然后有了一片小野笋（那么瘦，长得有点着急）。

然后是一群蜜蜂。

然后是牛。

——就这样，我把要去看油菜花的事情完全忘记了。

我在山坡上，遇到一个采茶的老妪。我问她，今天采了多少茶。

她说，大概有一斤吧。这一斤鲜茶，可以卖给进村收购的人，能卖四十元。

这样说的时候，她似乎感到心满意足。

在她的手上，除了一袋刚采的茶叶，另一袋是刚拔的野葱，散发着新鲜的香味。

她说野葱炒鸡蛋，用菜籽油炒起来是多么的香。

是的，我几乎都能闻到那碗菜的香了。

这是春天的中午。我在村子里随便地走来走去，碰到任何一个不认识的人都可以在门前的石头上坐下来聊天。

这时候，聊什么其实是不重要的。

村民的心里装满关于这个村庄的故事，就好像你随便捡起一小粒石子投进池塘，扑通一声，总能溅起大大小小的水花。

但是我是要到田里去的。是的，你知道，这个村庄拥有一大片的梯田，在群山之巅，层层叠叠的梯田一直延伸到远方。远方是越来越淡的山影。

我遇到的人都会告诉我关于这个梯田的故事。那是四十多年前的事了。村庄里的年轻人，他们扛着红旗，喊着口号，用锄头把山地刨平，用肩膀把石头扛走，用炮轰出石块，再把石块砌成驳坎，通过极为艰辛的劳动，把零零碎碎的边角料整成相对大块的田地。

他们面孔清晰——他们是青年突击队，是妇女攻坚团，八九岁的红小兵也勇猛地投入其中。他们一天一天地干着，好像天底下再没有比这个更重要的事情。清晨他们在月亮地里干着，晚上他们在满天星辉下干着，就这样干了五六年。终于，他们拥有了这么一片梯田。

层层叠叠的梯田。

往后，他们在那里种植粮食，收获粮食，春夏秋冬，雨打风吹。

然后，一转眼，那些人都老了。

村庄里的人都往外面跑，我坐着与人聊天的那地方，一大排六七户人家只有四位老人留守。别看村里很多房子造得那么好，但是很少有年轻人住。房子，大多数时候都空着，装载着无边的寂静。年轻人都在外面的世界挣钱，然后回来造新房，然后把房子关着，留给时间。

梨花还在年年开。层层叠叠的梯田，被金黄的油菜花所覆盖，梨花就在弯弯曲曲的田埂上开着，这儿一树，那儿一树。

不知道从哪里冒出来那么多的年轻人。

他们回到村庄，他们打开老房子，让明媚的阳光进来。他们把破旧的老屋改造成精美的民宿。他们在村庄的角落里播种花朵，还把遥远的城市里的人带进了村庄。

这大概是乡野对于远方的人的呼唤吧。

坐在梨树下，喝一杯春山上采的新茶，眼前是一整个春天。

田间的劳作

夏天傍晚，我和父亲一起从田间回来，两个人都汗水湿透衣背。

虽然我不过是蹲在草间无所事事，或举着相机这里拍拍那里拍拍，终究不算什么大事，但看上去我却像是出了很多力气，干了不少农活。母亲倒是一眼看穿真相，她笑说："你在空调房里待太久了，到田里出出汗也是好的！"

我不得不承认母亲的话有道理。我到田里去就是不务正业。不像父亲，他扛着锄头到田里，不是灌水就是伐草，或者给田埂再上些泥，方便以后走路。看到稻丛中间有一株稗草得意扬扬探出头来，父亲一定会歇下锄头，跻身到水稻中间，耐心地把那株混迹在"革命队伍"中的稗草揪出来。揪出来之后，还会卷巴卷巴，团成一个球，再踩进田泥中。如此，算是斩草除根。

对于种田，我与父亲有着不同的看法。譬如，父亲总觉得田里要没有一点杂草才好，杂草要跟水稻争夺有限的营养。我倒觉得，田里有些杂草也无妨，稗草多了，只是高高低低不太好看而已；至于碎米莎草、牛毛毡、野荸荠、野慈姑，还有什么浮萍，都无所谓，至少这样的话，稻田更像是一座丰富的植物园，我在田里蹲着，也增添不少乐趣。有一回，我还专门收集了田间的各种野草，拿回家去，逐一清洗干净，像给人拍肖像照一样给每种野草拍了照片，说起来也是叫人笑话的事。

此外，父亲种田，很在意最终收成好不好，因此也像照顾小孩一样，事无巨细，样样挂心，每天都要去田头张望几眼。到了秋天，稻谷逐渐成熟，父亲若看到一群麻雀呼啸而来，扑入稻田共飨盛宴，便会立刻扯起嗓子，大声疾呼，要把麻雀赶跑。说不定第二天，还会扎一个稻草人竖到田头去。我呢，倒是觉得，麻雀吃也吃一点，总是吃不完的；再说了，麻雀光临，说不定还顺带着吃些虫子，这也是好事。麻雀多了，蝗虫就少，事事物物，都有一个链条，自然界有自然界的道理。我说是这么说，却并不直接反对父亲的做法。他赶一赶麻雀，大声呼喊，也是对肺活量的一种锻炼——事事物物，自然界自有它的道理。

"父亲的水稻田"，一年一年种下来，成为一个文创项目了。我一边跟着父亲种田，一边记录和书写这片稻田与这座村庄的故事。在我看来，种稻本身，并不是唯一的目的，大米也不是唯一的成果。但父亲的目的就比我单纯得多——他只看中粮食，那四时劳作的唯一成果。父亲其实也知道，相比于身体在田间的劳作，我还在做着另一种劳动。但是，每每在田间，我望着父亲的身影，总是会想，目的单纯的人，内心也许更容易满足一些。

有一天，父亲说："你每天夜里十二点才睡，不要那么辛苦!"

我忙点头："好的好的。"我每天晚上，读读书，喝喝茶，写写文字，时间就溜走了，都要十一二点才睡，其实父亲都知道。

我看父亲在田地辛劳，有时也会劝他："多挖两锄头也不见得增产，不必那么着力!"

父亲也会连连点头："是的是的!"但是第二天，他照样扛着锄头，下田去了。

在这一点上，我们的固执，居然是如此相像。

深秋，父亲把一季的收获挑回家中，十几担箩筐在晒场上摊开来，一地的金黄。这些稻谷在晒场上曝晒三四天，过完了秤，父亲总会摇头或是点头。摇头时说，哎呀，平均亩产只有七百斤，今年没有种好;点头则会说，嘿，今年这丘田不错啊，有九百斤!

等到稻谷终于碾成白花花的大米，父亲又把大米装进米袋，封好箱子，送到县城的快递站去。这些大米，会由快递小哥，邮到全国各地向我们预订的朋友手中。父亲还会跟我交代一句，说要告诉大家，这些大米都是新碾的，得及时享用，否则时间长了，米香味就逸走了。

差不多十月，我的一本写种田的新书正好出版，寄到家后，我也先递给父亲翻阅。这时候，父亲才发现原先我蹲在稻田里给青蛙拍照，或是给野草拍照，都是有用的，而他自己在田里劳作的身影，也赫然印在书上。母亲这时凑过来，悄声问："出这一本新书，能拿多少稿费？"

我假装平淡地说，估计一百担稻谷吧，总是抵得过的。

母亲惊讶，"咦"一声，又拉高了音调说："这么多！那——你在田里出一身汗，值得的。"

父亲则坚持认为，麻雀还是要赶。

2019年1月13日

听见听不见

　　黄昏时到田间去，四野传来悦耳的虫鸣。一场大雨过后，虫声重新热闹起来，醉鱼草一串一串开在路边。蝉鸣，鸟叫，各种各样的声音，这是生命的吟唱，亦是大自然的白噪音。我自己倒不觉得什么，似乎早已习惯；来访的朋友却大为惊讶，说我拥有一整片天籁。

　　在乡间居住，我曾把雨夜屋檐滴答落水的声音录下来，还有风吹过竹林的声音，以及磨石尖高山上风摇动松针的声音。那些声音美妙极了，世上最精妙的语言都无法模拟出来，它们如此丰富而有层次，层层叠叠，一波又一波。

"松声，涧声，山禽声，夜虫声，鹤声，琴声，棋落子声，雨滴阶声，雪洒窗声，煎茶声，作茶声，皆声之至清者。"（南宋倪思《经鉏堂杂志》卷二）

细品以上诸清音，可以发现多数都来自大自然。自然而非人为的声音，自有抚慰人心的强大力量。

1874年的一场暴风雨中，约翰·缪尔登上内华达山脉的一座山脊，然后爬上一棵针叶树，只为了更近距离地倾听高处的针叶在风中产生的乐音。他听到了——树叶彼此摩擦的机械的声音、树枝和光秃树干深沉的声音、松针发出的尖锐哨音，以及"丝绸的低语"，而来自大海的风"携带着最振奋的香气"。

如果你能想象松针——那些柔软的树叶轻轻扫过皮肤的感觉，或者当微风吹过一整片稻田，稻叶顺着一个方向轻轻摇动——那声音与视觉都同样令人着迷。我经常就这样坐在田埂上，望着眼前的水稻田出神，耳边回响着这大自然的声音。

很多时候美是寂静的。它难以被传达，也难以被描述。它是一个人所有的感官都被打开时的整体感受，它本身有颜色、质感、气息、味道、声音、方位甚至压力、频率，并且它包含了记忆、想象、幻觉、情绪的参与，以及其他各种各样的生命在同一刻的加入，使得那一刻成为极其隐秘的私人体验。

我曾在上海采访过著名艺术家、音乐人、上海音乐学院教授何训田先生。他试图用音乐去呈现人类听觉无法"听到"的那些事物。人的听觉，正常只能接收到频率在20赫兹到2万赫兹之间的声波。20赫兹以下的是次声波，2万赫兹以上的是超声波。它可以被仪器测出来，还可以被皮肤感觉到，但无法被"听"到。地球上每时每刻都充满噪音，2万赫兹以上、20赫兹以下的，只是人类的耳朵刚好把它们屏蔽了，所以觉得周围很安静。

但是，人们一定要知道，一定有些东西，是我们无法"接收"到而已（这很可能是一种自我保护机制），不代表它并不存在。人类能感受到的那一部分世界，事实上，只是"世界"很小的一部分。何训田正是用一种在别人看来似乎"过于玄妙"的方式在创作音乐作品，以呈现他脑海中的"世界"——他说，他的作品不仅要给人类听，也要给蟋蟀听，给花朵听。

那是一次收获满满的对谈。

我的手机里，有一个APP名叫"Rainy Mood"，里面汇集了世界各地雨水的声音。譬如——华盛顿森林里的雨、科隆的雷暴雨、俄勒冈沿海热带雨林里的雨、日本寺庙里的雨、太平洋的雷暴雨、远处的芝加哥的雷雨、平稳的雨、落到帐篷上的雨、北卡罗来纳州的暴风雨、英格兰的雨、亚利桑那凤凰城的雷暴雨、俄勒冈清晨的雷暴雨、巨石阵的雨、意大利米兰的雨、巴黎的雨、苏格兰乡下的雨、伊利诺斯的雨、阿姆斯特丹的雨、巴厘岛水稻梯田上空的雨、赫尔辛基火车站的雨、威尔士阿伯里斯特威斯的雨、离多伦多很远的雷暴雨、野营车上的雨、密苏里屋顶上的雨……

如果我在稻田里，录下一年四季田野中的声音，一定会非常美妙吧。风吹过稻田，整片稻田的叶片摇摆，呈现出波浪一样的纹理，叶与叶的摩擦发出"沙沙沙"的声音。夏天一场暴雨突如其来，硕大的雨点打在稻叶上，也敲打在田间水面，发出密集的奏鸣之声；秋天水稻金黄，谷穗垂挂，夜晚微风拂过，谷粒发出轻轻的撞击声，青蛙蟋蟀以及落脚的夜鸟，各自发出悠然的声音。我也很期待严冬之中，大雪初落之时，设备里能记录下什么声音——雪花落在稻草堆上，是不是有清晰的声响？一夜过后，积雪深厚，田野一片素白，在那"万籁俱寂"的状态里，是不是还有一些声音，是我们从未认真聆听过的？

太阳渐渐落山，晚霞瑰丽，倒映在田边沟渠之中。想起王摩诘的一句诗："空山不见人，但闻人语响。"此间禅意，不可言传，从田埂上走过时，心中有欢喜漫溢。

2019年8月5日

蜻蜓在稻田里飞舞

一路开车时我就在想，最好是能在太阳落山前回到稻田。我很清楚稻田里这会儿有些什么：绿色，山影，蝉鸣，飞鸟，蜘蛛在叶尖攀爬，青蛙突然跳起捕捉虫子——无非就是这些。这些，在一年前两年前三年前四年前的稻田里重复出现。我曾逐一细致观察过，细细记录过——水稻田里无新事，但我依然想在太阳落山前回到那里。因为我想在田埂上站一会儿。

说出来，就连身边最亲近的人也不易明白我为什么会有这样的执着。是的，为什么不可以明天呢？为什么不可以晚一些，或者太阳落山以后呢？甚至，为什么一定要去看一眼稻田呢？然而，我也说不清，细细想，这似乎是一种内心的极隐秘的东西。

在傍晚时分回到稻田。夕阳西下，风微微地吹起来。丰富的颜色呈现在天边。然后，天光一点一点暗下去。飞鸟，三两只，在远远的天空里起起落落。蹲下来，看见细小的水珠密布在稻叶上。田埂上，牛筋草在结它的种子，狗尾巴草在摇晃它的尾巴，青葙在开它的花。青葙，在乡下被人叫作野鸡冠花，但是它的花并不像鸡冠那么骄傲，小小的样子，像一管狼毫的笔尖，垂下来。如果剪一枝插在瓶子里，应该也会很好看。

前些天，有一位朋友，为《草木光阴》写了一篇文字，其中有一段："已识乾坤大，犹怜草木青。这两句诗是马一浮的，我以为用来说周华诚，却是如此适合。这个见识到时代之快、城市之大的人，怀抱一颗温柔本真的心，重新回归草木之小、乡野之慢，岂非是一种具有强烈自觉意识的精神性探索？"

我喜欢"已识乾坤大，犹怜草木青"这个句子。

我也喜欢顾城的诗："草在结它的种子，风在摇它的叶子，我们站着，不说话，就十分美好。"用来说这个傍晚，也是如此适合。

莫笑斜阳野草花，这就是我想告诉你的，关于这个傍晚的稻田间的一切。在这个世界上，有一些悲惨的事总是在发生，血腥，悲伤，生命之脆弱、之伤痛，以及扑之不灭的暴戾与乖张，都在生长。却愈来愈见不得那些悲伤的事。并非矫揉造作，或是突然变玻璃心了，而是知道，众生皆苦，一切生命，都如此不易。也觉得，一尾虫子一只青蛙，都那么不易。小的时候我在稻田间，捉一只小青蛙撕下它的一条腿来，挂在绳子上去钓别的青蛙。抖动钓绳，引诱青蛙，于是一只青蛙跳过来，张口来咬……捉了一小袋子拿回去喂鸭子。现在想想，是绝不忍心再做这样的事了——想想就觉得残忍。罪过。罪过。

2018年7月1日

三亩清风明月

冬夜冷寂，从稻田边走过，觉四野空旷无言，虫鸟俱已入眠。抬头望见星子遥遥，一粒一粒闪烁在高处。这几日刷手机，看见大家都在传"外星人信号"的事，叫作"快速射电暴"，一些文章说"不排除有外星智慧的存在"。这文章一出来，大家就嗨了，说真要有外星人向着我们地球发信息，那么到底是回复还是不回呢？回复的话，你尚不知对方怀的是善意还是歹心，若是歹心，地球可就要遭难了；不回复呢，就不仅不礼貌，而且，也不是那么甘心的……这消息出来，热闹了一天，次日我就看见有人出来辟谣啦，说这是"过度诠释"，很不科学；科学的说法，应当是这样——"在此时此刻，对于这些讯号到底是怎么回事，靠谱的答案只有一个，那就是——不知道!"

好嘛。

科学不承认没关系，人类还有幻想。

人在乡野，确实更常抬头望天。我们白日在田间劳作，脚踏实地，晚上推窗望月，仰望星空，月光明朗，星子熠熠，真是会给人以更多遐想的空间。小时候的夏夜，躺在院外竹椅上，听老人讲故事，飞机的灯一闪一闪萤火虫一样滑过。人的想象力，就是这样打开的——从土地，去往更为深邃的地方，无穷无尽，无边无际。

在乡野间生活，人的内心，其实更丰富一些。苏东坡先生不是说，"惟江上之清风，与山间之明月，耳得之而为声，目遇之而成色，取之无禁，用之不竭"。他的意思是，人们往往重视很多东西，而轻视另一些东西。比如香车宝马，声名权势，以为人间至宝，殊不知换一个标准来说，这些东西都是可以穷尽的；而一个人的富有，是拥有那些取之不尽的东西。不尽者何也？清风明月。你可以收藏这些吗？你一旦能拥有清风明月，便是真正的富有啊！

清风明月，毋庸置疑——我们乡下一定是比城市里更多一些的。光是我家三亩稻田里的清风明月，就比一座城市的更多些——我敢打赌。

我在乡下住着，用大碗喝茶。有时也用一个矮胖的竹筒喝茶。以前还有一个葫芦瓢，其实是半个葫芦瓢，底下磨平了，可以在书桌上放稳，我也用来喝茶。后来有一个朋友喜欢，就送她了。又有一位朋友，自己烧窑，用简陋的手法做出粗糙的茶盏，坑坑洼洼的，我也觉得很好，就一直拿来用。我喝茶并不挑器具。晚上就在栗树下的小茶室内，盘腿而坐，喝一壶茶，喝完，接水再煮一壶，又喝完。

这样喝茶的时候，月亮常常就悬在窗外。月亮底下，可以望见依稀的稻田，一片宁静。冬天的稻田有什么呢？什么都没有，只有一片一片的紫云英——乡人们叫作"草紫"的，在那里默默地飘摇。

在乡下生活，平白地觉得时间富足——富得流油的那种。在城市里，每天来来去去，虽然不上班了，还是要见几位朋友，聊一点事情，偶尔出去就堵在路上。就那么一堵，两堵，三堵，一天也就飞快地过去了。而在乡下，可以干好多事情呢。下午小小地睡个午觉，读几页书，写一篇稿子，从邮箱里发走，这一天的工作就算完结了。这时去到后山的竹林里转一转，说是漫不经心地转一转，其实是想寻一两根笋。这时节的笋，简直是人间的妙物。冬笋深藏于泥下，轻易不可得，只是那么一转两转，抬头望望竹梢，侧耳听听风过竹林的声音，低头看见哪块泥土稍稍隆起，似有裂缝，一挖，果然得了一枚小笋。

就是这样，所有的美好都是不期而遇的。一小截冬笋，已令人欣喜。吃过晚饭，还有许多时间可以去田间走一走。沿着小时候上学常走的那条路，沿着溪流的方向，一直走到山边，过桥，上岭，再折回来。穿过稻田，听田边的流水，天还没有完全黑下来。晚上去与山人聊天，回来晚了，月上中天，借着一点月光慢慢地走回来，也是一件悠然的事情。

可能，这些年种一片水稻田，最大的收获，就是这样悠缓的心绪吧。从前觉得许多事情都很重要，当去积极追求，现在觉得，亦不过如此。或者说，有也可，没有也可，若有若无也行。如同读书——"好读书，不求甚解，偶有所得，则欣然自喜"。我自忖，种田也是如此的状态，"此中有真意，欲辨已忘言"。甚至有时，那微微然的欣喜，真是有一点"不足与外人道也"的意味。

稻田边走一走，又想起灵云禅师的几句诗："三十年来寻剑客，几回落叶又抽枝。自从一见桃华后，直至如今更不疑。"

虽是冬天，却觉得，桃花仿佛已然开了。

2019年1月12日凌晨

种子的智慧

晚上，父亲端了一个脸盆给谷种洒水，然后用棉被盖上。很神奇，只要两三天，谷子就能冒出嫩嫩的白芽。气温一天天地升上来，柳枝吐绿，草木葱茏；布谷鸟在山林间远远地叫着，播谷播谷——这个时候，真的要开始播谷了。

很多人不知道，所谓播谷，其实不是直接把谷子播到地里，是要先催芽的。一粒粒带壳的稻谷，用温热的水浸那么一夜，再用棉被捂那么两三天，谷子就会发芽了。

发芽之后的谷子才可以播种。秧田早就整理好了，一方一方，泥水打得湿湿润润的，像是一大块果冻布丁。风吹来，泥面微微漾动。

什么是"温床"？这就是。一粒种子落入泥间，仿佛一个人躺入云朵，云朵在天空里，也投影在"果冻布丁"的表面。布谷鸟依然在远处叫着，风捎来各种花的香气，种子于是心满意足，两三天后，就抽出半寸长的绿意来。

我一直对种子充满崇敬之情。譬如，我在冬天把板栗连壳带刺地埋进土中，到了春天，那里便长出三棵小板栗树来。夏天，我们吃苋菜桃，随手把桃核扔在屋檐下的水沟里，第二年那里便也长出一棵小桃树来。我们吃西瓜，吐一地的西瓜子，不知道什么时候，屋旁的角落也爬满了西瓜的藤蔓。

种子如何知道该在什么时候发芽？

去年早春，去白洋淀采访。我们坐了一艘窄窄的渔船去淀中，四面都是枯黄的芦苇，一些水鸟起起落落，也有渔民在雾气之中捕鱼，敲击船舷发出"当当当"之声。摇船的夏大爷，向我们讲述这一大片水域的故事——他说，我们来的时间不对，这个时节，并不是白洋淀最美的时候。

"你们应该在七八月间来。那时候，芦苇荡子里，四面都是盛开的荷花！"

我可以想象到大片红莲盛放的情景了。

夏大爷说，这淀里全部是红莲。花刚开时，花瓣是玫瑰红的，渐渐地，花瓣变成粉红，再渐渐变成白色。白洋淀里有这么多的荷花，并非人工种植，而是莲蓬成熟后，莲子无人采收，自动掉落到水中的淤泥里。等到水位下降，淤泥露出来，而天气一暖和，太阳照射到淤泥上，那些经过湖水长时间浸泡的莲子外壳早已软化，莲子便会迅速地发芽，只要几天时间就纷纷冒出叶来。

"如果时机不对，莲子可以在水里泡上十年二十年，那也没有关系。只要时机对了，它们就都会发芽。"

之前我听说过，沉睡千年的莲子也可以复活。这确有其事。杭州前几年有媒体报道，一位姓李的美术学院教授，一次意外的机缘，得到几枚从山东济宁府出土的莲子。考古学家一看，说那莲子与边上的其他遗迹一样，都是宋朝留下来的东西。

于是，李教授对其中的三枚莲子进行悉心培育，莲子复活了，五月便生出嫩绿的茎叶来。到了七月，又开出莲花。

种子确实是富有智慧的。它们会在合适的时候隐藏自己，并在正确的时候释放强劲的生命力。

对于种子来说，每一趟生命旅程都是一次历险。一枚野果在枝头成熟，是被松鼠吃掉，被飞鸟衔走，还是直接落入泥中？若是被松鼠啃食，作为种子的使命也就此终结。倘若直接被飞鸟衔走，说不定会随着鸟儿的飞行轨迹，历经万水千山，不知道会不会最终栖落到合适的地方。如果直接落入大树脚下的泥中，又能否得到充足的阳光水分，能否如愿地萌出新芽？

这是一次冒险。对一枚种子来说，机会只有一次。

科学家们也做过一个稻谷种子的发芽实验。

两把稻谷，一个是籼稻，一个是粳稻。给两种水稻种子一点点水，观察它们的发芽情况。给水的量逐次递减。他们发现，跟粳稻比起来，籼稻只要更少量的水就能够发芽。

只要一点水，籼稻就可以发芽，而粳稻却不能。这是什么原因？科学家做了很多分析。一开始他们认为，籼稻更能抵抗不良环境。只要给一点阳光就灿烂，这是多大的革命乐观主义精神啊。

但是后来发现，不对呀——情况刚好相反：籼稻一旦发芽，生长就无法停止，如果遇到恶劣环境就会死亡；而粳稻更聪明，如果条件不充分具备，它就不轻易发芽。事实上，粳稻在某种程度上来说，看起来不那么有气魄，但它才能抵抗恶劣的环境，通过忍耐，从而生存下来。

科学家把这两种水稻，用汽车来进行比喻。他们说，籼稻就像是一辆赛车，粳稻像是拖拉机。赛车需要技术高超的人开，这样才能开得快，并且能发挥出它的价值。如果技术烂的人来开，开不好还容易翻车。而拖拉机的性能虽然不好，但是在什么烂路上都能持续前进。

　　说到底，这是一场生命力与自然环境的较量。事关生死存亡，岂能等闲视之？在千万年的历险之后，种子才积累下它的生存智慧。面对一粒种子，我们是不是会在心中升起一丝敬畏？

2019年3月9日

枇杷黄

屋后枇杷黄，人还没有吃到，半数已被鸟雀偷食。近些天热起来，气温骤升至三十多摄氏度。父亲整好水田，开好田畦，便将稻谷种子撒到水田中。这是我们家首次尝试直播法种稻，可以省去后面两道重要工序，即育秧、插秧环节。往年，一般水稻的栽种需要先育秧，等秧苗长到一个月左右，再移栽至大田。插秧是每一季水稻种植中的重要农事活动，流传数千年而不易，如唐末的布袋和尚《插秧诗》所言：

手把青秧插满田，低头便见水中天。心地

清净方为道，退步原来是向前。

插秧如何插法？大抵还是"退步法"。江南地区的稻作制度，历来讲究"精耕细作"，以提高单位面积的产量。比如，从整地开始，农人就耕作得特别精细，耕、耙、耖、耥相结合，一整套技术，可谓种田如绣花。再到田间管理，也是如此，农人倾注全部心力在稻田之上。这与北方水稻种植的粗放大相径庭，也形成了江南稻作文化独特而鲜明的特色。

精耕细作，首先便要有人。现下农村人力不足，壮年农民都离土进城务工去了，留下老者，吃不消太多的农活。我早就劝父亲，水稻田间管理可以简单一些，我们并不求多么高产，不需要精细，只要田中能长出稻子来就算成功。父亲干了一辈子农活，对自己的业务是有要求的，敷衍的事他做不来，田间总被他管理得清清爽爽，连杂草都不见几根。每每觑见别人家那些放任自流的稻田里杂草丛生，父亲总忍不住说，这哪像个种田的样子。

我只好向父亲"灌输"新观念。我说现在有一种种田法，很是流行，叫"自然农法"，便是不必犁田，不必施肥，不必除草，一切由着庄稼自己去生长，农人不必去管它。父亲说，那农人不成懒汉了吗？我说，是呀，就是要做个"懒汉"。父亲便摇头说，那一年到头，能收得了几粒谷实？

这确实收不了几粒谷实。我见过一个人，践行"自然农法"，到了秋天，土地里几乎全是杂草，倒是要费心去找，才能从中找出几株粮食来。我也觉得，若是都按这方法来种稻，农人怕是连肚子都填不饱吧。

于是便不再劝父亲。

然父亲年纪渐长，体力下降，虽有我们帮忙，做太多的农事依然吃不消。我去年到日本，与当地农人交流，深为羡慕他们小型农机具的普遍使用，而我们大多仍采用手工劳作方式。当地农人颇为自己的职业自豪，他们能种出好的大米，亦能得到社会各界的尊重。由彼及此，此间差距，非一朝一夕可以改变。

水稻直播，既省工又省力，据说产量也不错，我就鼓励父亲尝试。为了做一个对比，也为了迎接稻友们六月来田间体验插秧，我们也依然按传统方式，育了一小片秧田。

说到种田的产量，前段时间有朋友发我一本影印的老书，《水稻亩产七万斤的技术措施》，令人哑然失笑。要知道，我们家的水稻田，去年亩产不过六七百斤而已。

前两天看新闻，说某地发明了一款神器——"水氢燃料汽车"，怕又是一个笑话。可见不管时代如何变化，能创造笑话的人和事从来不缺。

上周，我应邀到嘉兴一中实验学校、临安民宿业协会分享水稻田的故事，当我把水稻叶尖上晶莹剔透的露珠、稻花放大并投影出来时，全场响起掌声。我想现在的人，很少有机会能看见这样细微却令人屏息的田野之美了罢；估计也很少有机会，能在田埂上赤脚走一走，感受乡间生活的宁静与朴素了罢。

又一季的谷种撒下去了，晨昏之间，父亲会去田间走一走。泥水之间，仿佛有一个希望在悄然地萌芽；一年又一年，我们在春天播种，并预约秋天的收获，二者之间，则是又一段光阴的悄然流去。

2019年5月25日

苔藓之美

春天去了两次钱江源国家公园。在古田山，被原始森林中氤氲的雨雾迷住，觉得有如仙境。

古田山自然保护区的小蓝带路，我们沿溪而上，一路只听见水声而不见溪流。空气也仿佛是绿色的。雾气弥漫在四周。所谓SPA，我做得少，不知道比喻恰不恰当，但是至少很像是置身在一个澡堂中，想象一下：一个充满了负氧离子的澡堂。

对于热爱自然的人，原始森林真是美妙的地方。

森林深处的地面，树干上，石头壁，常见苔藓，成片毛茸茸的，上面附满小雨珠，鲜绿可爱。

奇怪的是，这样的苔藓，似乎只在原始森林中才长得好。

我曾在网上买过苔藓，快递到家中，种到石盆里悉心呵护，经常喷喷水雾什么的。果然，苔藓还是死了。后来回到乡下种田，去森林中行走，见到苔藓长得茸茸可爱，采回家养起来，也死了。有朋友送我一盆菖蒲，菖蒲配着石头，很好看，石头脚下有一片苔藓。后来，也死了。

所以我的经验是，苔藓极不好养。

再不养苔藓了。

苔藓这种东西，本来也只适合在属于它自己的自然环境中生长。比如古田山这样的原始森林中，从来没有人多看它一眼，却正是有大自在。天地混沌之中，苔藓就来到世间。它的出现，比人类早了何止千万年。所以苔藓的适应能力，比人强多了。

有一次，到西溪湿地参加一个活动，遇到两位热爱植物的人。一位是小意达，花艺师，她在阳台上种花，也让花瓣在手中成为精美的艺术品。另一位是植觉先生潘锐，深居一隅，种苔藓玩苔藓十几年，乐在其中。

植觉先生说，你知不知道，为什么大家养的苔藓都死了？

不知道，反正后来都死了。

死于什么？

我们都不知道。

植觉先生说："死于人没有耐心。"

因为苔藓所处的环境发生变化，它一定会跟着发生变化，这有一个适应期。或许它就发黄、发黑、发白，甚至看起来死了。或者，进入休眠期。这是一个漫长的过程。但是，人往往是没有这样的耐心的。人看看苔藓，死了一星期了，死了半个月了，肯定就丢进垃圾桶了。

如果半个月还没有丢掉，三个月呢？

六个月呢？

你终于把苔藓丢了。于是它真的死了。

苔藓有时候，需要一年多时间，才会从那种看起来已经死了的状态中活过来。

然后，重新变得绿绿的，充满生机。

对于苔藓来说，几个月、一年时间又算什么？它不赶时间，它有足够的耐心，应对这个世界的浮躁与不安。

但你没有。

《树的秘密生命》（彼得·渥雷本著，译林出版社）这本书中说："有时候老天会连续好几个月不下雨，如果这时候用手触摸一下这些想象中极为柔软的苔藓，它们甚至会因为过度干燥而窸窣作响。大部分的植物此时很可能都已经死去，但生存达人苔藓却不会。只要一场大雨再度带来水源，它们的生命就可以继续旺盛下去。"

我有一次从茑屋书店背回来一本书，书名翻译过来是《美丽的苔之庭院》，买回来只是为了看那些美如天鹅绒般的苔藓图片。

我还写过一篇随笔，《苔痕》，抄一小段在这里：

苔藓的品类很多，庭院园林里苔藓算得是

不可或缺的一样。有了苔藓，也就觉得有了灵气。以前有句话：树小房新画不古，此人必是内务府。内务府现在没得做了，新贵有钱人倒还是多的，房价涨到天上去，大豪宅也还是比比皆是。然而都要有颇古一些的画挂上墙去，也是强人所难，不厚道了。在我看来，倘是没有古画，没有大树，弄一块地方长上一片青苔，倒是可以做到的吧。

有一年，在永福寺喝茶，看到寺里有一口石槽，石槽里面养着睡莲，石槽外面覆满了绿苔，印象深刻。

永福寺附近山上大树参天，树底下也随处可见青苔。

寺庙里的静气，大约是与苔藓最为相宜的吧。日本有一座苔藓寺，满寺皆苔，有缘时当去拜会苔兄。

他的口袋装满山野的秘密

1

天气依然很热，田间的稻谷还在蓄积最后成熟的力量。木工在屋顶钉木板，不时发出砰砰的声响，除此之外，午后的村庄是安静的。在一阵暴雨到来之前，走到屋后的小树林，在几棵板栗树下寻觅，一会儿就能捡拾到一小捧栗果。

这些栗果外壳棕乌，油光发亮，一看就是好板栗。

母亲教过我一个识别好板栗的方法——嫁接的板栗，果实硬壳上覆盖着一层细毛；老品种的板栗外壳油黑发亮，是光滑和滋润的。当然，如果细究起来，区别还很多，比如嫁接的板栗，结实时一个刺苞内往往有三四枚坚果，但个子都偏小；而老树上的果实，一个刺苞内也许只有一两枚坚果，但是个子都很大，且圆滚滚的"独子"很多。

母亲常在刮风时走进小栗林。

那些板栗树都很老了，高大参天。在我小时候，每当板栗成熟，年轻人便会摇摇晃晃地爬到树上，用竹竿去敲击刺苞，使其落地；孩子们则在树下，持火钳捡拾。这些年，村中的年轻人少了，唯有一些老人留守村庄，板栗便也都只好任其自然，只在风雨过后，去捡拾一些从树梢自行跌落的栗果。

起风时，成熟的刺苞在枝头摇曳，晃荡晃荡，刺苞内的坚果不知道什么时候就从开裂之处滑脱，蹦出。啪，啪啪，啪啪啪啪啪，"耳"不暇接。这是林间的天籁。秋天了，刺苞开裂之处有光，对于栗果来说，那是一道通向广阔世界的小门：作为种子的使命已经完成，此后它将走向独立的人生。

栗果脱离母枝，在枝丫间跌跌撞撞，终于落地，躺在厚厚的枯叶之上，或者藏于茂密的荆丛之中。这是它坎坷命运的开始——它会被松鼠捕获，还是被人捡拾，剥而食之？没人知道。抑或就此深藏落叶与枯草当中，默默历经一秋的寒霜，又历经一冬的雨雪，在潮湿而温暖的春天迎来发芽的机会，幸运地把幼根扎入大地，与万物一起拼尽力量生长。

捡拾栗果的老妪，腰间别一条土布围裙。围裙往上一挽，就是一个大布兜。老妪往山间小树林里走一遭回来，围裙里总揣着那么小半兜栗果。

2

风会捎来遥远的声音。小树林里窸窸窣窣，窸窸窣窣，你不知道是一只兔子钻过密竹，还是一羽雉鸡振翅觅食，还有各种虫鸣与鸟叫。这些细碎的声音在山林间一忽儿起，一忽儿没。

如果有捡拾栗果的老妪在林间独行，脚步也会发出声音，而风会捎来这一切。这个时节山上成熟的野果很多，野山楂早就红了，野柿子还要稍晚一些，石榴能吃了，八月炸熟得很透却难得碰上。上山伐木的人，在很远的山上高声谈笑，斧斫木头的声音在山岗另一边也能听见，然而现在这样的伐木声也很少了。再过两个月，村外最高峰磨石尖的油茶果也都熟了，可以采摘；然现在丛林密深，山道阻且长，落霜过后很久，三三两两的村民才会上山去采茶果。人很少了，山也寂寞。

板栗依然按照季节成熟。稻谷再过十来天可以收割，桂花已抢先开放，板栗刺苞开裂，只等一阵风来，栗果立即啪啪啪啪啪地落下，像迫不及待的孩童。

3

回到村庄，总有许多有趣的事可以去做，冬季扛锄上山挖笋，夏天下河拾青蛳，深秋入林中捡板栗，都是最可回味的。

我相信对于梭罗来说，捡板栗同样是一件充满乐趣的事，否则他不会用十页的篇幅来记述板栗，要知道，他常常只用三五行字记述别的果实——从一八五〇年十一月，到一八五九年十月，梭罗对于板栗真是乐此不疲、兴味盎然。

一八五七年十月，梭罗说："那个午后，我一直在那里做捡板栗这件事，一个劲儿把树叶扒开，头都不抬一下。我干得很投入，忘记了还有什么比这更美好。……这就像做一段美妙旅行，我去了什么地方并做了什么。这也是一段小小历险。"

一八五九年十月，梭罗看到一棵板栗树下有很多毛刺果，"显然不是松鼠扔下来的，因为上面看不到松鼠牙印。这些毛刺果也没怎么开裂，所以没有板栗掉出来"。

捡板栗的时候，梭罗是充实的。这个一年四季对植物与野果充满兴趣的人，更像是丛林中的一只松鼠，此刻正孜孜不倦地寻觅过冬的果实。"当我几小时在那里蹲身扒开树叶时，不是只想着板栗，而是沉浸在更富有意义的一些思考中。干这件事可以常常休息，还总有机会重新开始。"

"这些板栗个个都还有柔性，又很丰盈。大自然能让我从中感受到那么多美好，所以我喜欢采集这些板栗。"这个曾经在瓦尔登湖畔思考世界的人，在人生的后半段归于简单与宁静，将兴趣转向自然生态。他与草木寂然相对，一遍遍不厌其烦地记录一些花的开放，一些果实的成熟，直到一八六二年五月去世。在此期间，他敏感于生命中那些美好的事物，并为此倾尽心力；他在湿地、山间、树林间游走，把采摘来的野果随手装进帽子或口袋（他的口袋装满山野的秘密）。

从前年轻时读梭罗的《瓦尔登湖》，留下一个印象，以为梭罗是个逃避现实的隐士。而今读他这本《野果》，尤其是当我在板栗树林中想起他，我才明白梭罗有多么热爱生命，也有一个多么阔大的胸怀。

我把他关于捡拾栗果的片段读了许多遍，最令我难忘的是这几句话——

"去使劲儿摇晃板栗树是不是也太野蛮了？我真后悔自己曾经这么做过。轻轻摇动是可以的，但最好还是让风儿去摇动它们吧。得到一颗没有一点苦味的板栗——那一定就很好吃，一定要心怀感激。"

4

捡拾到板栗之后，应该挑栗果数目最多、形态最饱满、颜色最好看的刺苞，整个儿种进土中。小时候我总干这事。从满满的收获物中挑出来，种到菜地的一个角落里去——我希望未来房子周围长满高大的板栗树。

此外，认真地炒好板栗也是一件重要的事。在铁锅里倒入刚好漫过板栗的水，小心地用小火焖干，然后翻炒，直到栗子棕色的外壳都烤得有些焦了，继续炒，这时候，就会听到板栗陆续砰砰炸响。没关系，继续颠锅翻动，让板栗发出沙沙的声响，听起来是松脆的，直到半数的板栗都砰砰炸裂，就可以了。此时盛出，摊晾。这样炒熟的栗果很好剥，不粘壳，果实吃起来也是粉糯的，甘美有味，相当好吃。

有的人煮板栗为了省事，喜欢在板栗上砍一刀，然后用高压锅来煮，煮出来水渍渍的，并不算很好吃。

一边吃板栗，一边读书。合了梭罗的《野果》，顺手取出鲁迅与广平兄的《两地书》来读，读的又是手写的影印版，很有意思。读信的时候，沏了一壶生普来配。

一碗板栗吃完，出版社编辑走走给我留言，说《一饭一世界》全新修订版已经印好，大约再过十来天，就能在书店见到了。再过十来天，正是好日子，水稻成熟，我要去田间收割，四野都是丰收景象。这本书六年前出过一版，先后重印十余次，今年我删去旧稿40多篇，增添新稿20余篇，改版重出，几乎是一本新书。然书中有一篇文章，我敝帚自珍地留下了，《板栗从秋天跌落》。留下它，是因为我觉得，对每一颗板栗都应该珍惜。

山谷里的房子要是造好了，我那小书房的窗子，将正对一棵高大的板栗树——晨昏可以望见松鼠在枝丫间奔跑。

2018年9月20日

卷　二

四　季　歌

秧在空中飞

1

秧在空中飞，有点像女巫骑着的扫帚。

呼！一个秧。呼！一个秧。呼！一个秧。

一个秧，其实指的是一群秧，扎成一把的秧苗集合体。那么，用什么扎呢？我们用的是棕榈树叶，撕成细条，像裹粽子一样，把一群秧扎成一个秧。

不需要打结，只要用棕叶绳环绕两圈，再轻轻一拉，就系好了；解秧的时候，也只要轻轻一拉，就解开了。

大家都来向稻田大学校长学扎秧。关于结绳，实在是一门神奇的技艺。

　　拔秧，扎秧，这是插秧前的工作。然后，让秧在空中飞一会儿。

2

　　秧在空中飞，是它一生中离大地最远的时刻。

　　它一生都把根扎在泥土中——从秧苗地，到大块稻田；从五月落种发芽，到六月插秧，到十月收获；从青，到黄。没有人比它们更留恋泥土。此刻，它们以女巫的扫帚的姿态，借助一只手臂抡起的力量，短暂地脱离地心引力的束缚，在空中划出一道完美的抛物线。

　　呼！呼！呼！

　　（它在想些什么，会不会有一种眩晕感？）

　　老把式抡起的秧把，总会稳稳地落向它最初想要去的地方。那是一块泥水交融之地，也是它未来落脚之地。秧把落地的一瞬，会击起一片水花，泥水四溅。对，那是泥水的欢呼，是土地对秧苗的欢迎仪式。

3

秧在空中飞，继而落在插秧绳旁。插秧绳在插秧的整个劳作过程中，起到一个规范的作用。沿着插秧绳的一侧，你往这个方向插过来，我往那个方向插过去。因为有了插秧绳，新插下的秧行直直的。

我们插下的秧行是艺术性的，像幼儿园里的孩子们画在纸上的新作品。这不仅跟我们的职业相关（各行各业都有），更与人的天性相关（天真被释放出来了）。秧行歪歪歪歪，一会儿就不知道歪到哪里去了。

当然也不用修正回来，只要在那些歪走了的空白地方补上秧苗就可以了。最终这块田，这块画布，会被秧苗填满。

在田里插秧是一连串倒退行走的动作，千百年来，没有人能超越一位唐朝的僧人，比他更准确地描述这个过程——"手把青秧插满田，低头便见水中天。心地清净方为道，退步原来是向前。"

很多寺庙是有福田的。农禅并重，以修行的心态劳作、诵经、坐禅，是寺庙僧人的修行内容，其实也何尝不是普通人日常修行的功课。有一年春天，我起心想约几位稻友一起，去常德的药山寺，与僧人一起插秧种田。后来因种种机缘未到，未能成行。

布袋和尚的诗句"退步原来是向前"，是每个在田间插秧劳作的人都有感受的。插秧的过程，甚至与你干任何别的事情一样，要经历"兴奋冲动——全情投入——激情消退——渐渐烦躁——生发厌倦——痛苦煎熬——咬牙坚持——心静如水——心生欢喜"这样一整个过程。想想看，我们的生活是不是也是如此？插秧这样一次劳作，是不是蕴含着无数的深意？布袋和尚的诗句表达的，不就是经历众多曲折之后，到心静如水，再到心生欢喜的过程吗？

要得到这样的感悟，你需要投入很长的时间才行。经历过的"悟"，与不曾经历的"悟"，到底是不同的。

云在青天水在瓶，稻友田间缓缓行。

4

秧在空中飞。这是一次小型的，闭门的，安静的，田间劳作。

5

秧终于不再飞了。我们把活儿都干完了。晚上，大家住在离五联村不远的一家叫"云湖仙境"的民宿里。草地上摆开了烧烤架，餐桌上点起了蜡烛，头顶上升起了月亮，我们开始了"稻田 TED"演讲。你已经知道了，美好的夜晚是舍不得太快过完的。

——以下是当天的演讲目录：

公益人物马俊河《沙漠上的男人，挡风沙的王子》；文艺青年王璐茜《从魔都回来，我在小城看月亮》；建筑师赵统光《怎样画一个世界，五分钟包学包会》；摄影师喜豆《碰巧活一场，不必太用力》；作家小荷婉婉《山野丽人》；古珠达人许丽虹＆梁慧《人生越来越简单》；文艺青年吴卓平《我是如何成为一个胖子的：关于这个话题，我一个字也说不出》。

6

秧在梦中飞，飞呀飞。鸟鸣密集，密不透风，像连绵不断的雨。然后我醒来。我发现自己是在丛林的帐篷里醒来的。找水喝，却不愿起床，想想还是算了。

我是被鸟叫和阳光叫醒的，看时间才六点多钟。在树林里醒来的感觉很奇妙。我想起头一天傍晚，大家在插秧结束后去小河戏水的情景。河水清清好洗手呀。此时此刻，应该来听一曲岜农的歌。

在透过帐篷的晨曦的温暖光线里，我发了条朋友圈：

　　一棵树出现的时候，一条河出现的时候，一片田出现的时候，人就可以很快回归到自然状态，成为一只鸟，一只松鼠，一只鱼，一只蜻蜓；松弛，随意，轻盈，自在，这些随即附体。珍贵的月亮星星，出现在头顶。

2019年6月21日

水沟的世界

旱秧地里不知什么时候种上了大豆。到六月末，大豆苗已长出十厘米，有七八片叶子，茎叶身姿优美，最下部还撑着两片厚厚的墨绿色的豆瓣。在稻田边种植豆科植物，乡人历来有此传统，虽说不清到底是什么缘由，亦不妨碍沿袭做法。科学说法是，豆科植物的根系与根瘤菌共生，具有很强的固氮能力，当空气中的氮被固定后进入泥土，能使土地更为肥沃。这些豆苗生长之地，半个月前还是青青秧苗的基地，而今已轮作种上大豆，许多杂草在豆苗之间欣盛生长。这情景使人不由地想起一句诗："种豆南山下，草盛豆苗稀。"我几乎不知道父亲是什么时候种下这些大豆的。他总是悄悄地就把一些农活干了。说不定上次他是到田间看水，瞥见这方小小的旱地光秃秃的，稻秧已悉数拔除，便觉得应该种上一点儿什么。第二天清晨他又到田间走一走，顺便在裤袋里掏呀掏，掏出一把种子来，于是两三粒一个坑，顺便就把那些种子用锄头"点"进了泥土之中。

十几天过去，这里果然已有了些"草盛豆苗稀"的意思。豆苗中间的杂草，有丁香蓼、鬼针草、马唐、莲子草、节节草，还有很多别的什么，都是生机勃勃的样子，共同把这方小小的土地经营上一层绿意。我想，这些杂草之所以长得好，一定与豆苗有关，若是没有这些大公无私的豆苗，杂草也不能这么愉快地生长吧——乡人还把大豆种在田塍上，名之为"田塍豆"。田塍极窄，仅可容一人行走，这样的田塍之上还要间隔地种上大豆，除了充分节约和利用土地的考量之外，应当也是一种传统的延续吧——等豆株渐渐长大，人要经过，就须跨豆行走；待到豆荚盛大挂果，秋时与稻一并黄熟。豆，也叫作菽，稻、黍、稷、麦、菽，菽也是五谷里的一个大类，地位是很高的。

两周前，大家来我水稻田插秧，在田边水沟濯足。我傍晚去田边时，发现水沟里居然已有不少鱼儿悠游。鱼儿极细小，乡人也叫"鱼花"，恐怕是才孵化没有几天的幼鱼，体长亦不足一厘米，在水里却悠游得极是快活。一群一群，总有几十尾几百尾的样子，呼啦一下游过来，呼啦一下游过去，动作迅疾，颇有声势。这些小鱼是什么品种呢？我想应该是鲫鱼吧。田边池塘与水沟里，在从前总是有很多小鲫鱼的，村童们把水沟两头一堵，就可以捉上几尾鲫鱼与泥鳅。这样的景象，这些年却已是不多见了。鲫鱼不多，村童也不多了——我却要常常地来水沟旁，观察这些小鱼儿，看它们到底能不能长大。

水沟似乎已经形成一个小小的生态圈，不仅有小鱼群，还有小虾米。小虾米，我们土话叫作"虾公仔"，若用嘉兴桐乡的土话来讲，就是"弯转"，小虾米总是弯弯的，故有此名。六月末时，小虾在水沟里隐藏，不静心观察的话，就不易发现它们的身影。小虾喜欢静静栖停在水间草叶上，身体呈半透明状，颜色与泥土差不多，隐藏得极其高明，只在游动时短暂暴露行踪。

　　我也在水沟里发现了小泥鳅的身影。我佩服小泥鳅那样机敏，只要觉察到微微的风吹草动，就能快速逃遁消失。我陆续发现三条小泥鳅，如果不是我这样富有经验的观察者，一定发现不了它们。泥鳅的颜色，几乎也与田泥的颜色一模一样，这种伪装能力简直令人赞叹。往往当你觉得那小小身形可能是小泥鳅之时，小泥鳅也能立即觉察到你的不良意图。对于危险气息的敏锐嗅觉，几乎是小泥鳅与生俱来的能力，在你未反应过来时，它就迅疾地做出了应变，身形一动，就像轻功了得的武林高手一样消失了，你休想再找出它来。

　　我有些奇怪，这些小鱼小虾是怎么繁殖出来的呢？我完全不记得这里去年有过大的鱼虾，而一转眼，这里已经有了这么庞大的族群了。

水沟里还有许多小蝌蚪，但比我预料的要少一些。比预料的多一些的是一种螺类，很可能是福寿螺，壳体甚薄，半透明的螺肉张开以后像一张小毯子，它居然可以依靠这张小毯子，仰面朝天地躺在水面上。这种螺颇令人讨厌，数量极多，繁殖又快，常常会爬到水稻的茎叶上，咬断水稻茎秆，又不像田螺那样可以被人食用。不过，我发现经常会有一群白鹭，以及一种灰色的长喙鸟，在田间或水沟里猎食，不知道它们是不是喜欢这种螺类食物。以前常常会有鸭群来到田间。鸭子除了嗓门很大、"众声喧哗"之外，食量也颇为惊人，所到之处，福寿螺便被消灭过半。现在村庄里养鸭的人也少了，我想，以后是不是应该多养一些鸭子了。

水沟里还有许多植物，其中有一种是沼生水马齿，我用手机上的软件识别出来，据说是一种可以用来监测水体污染的指示植物。水沟旁还有一种节节草，我曾见有人培植，是一种迷你品种，种在小小的花器里，乃可盈掌；而我们田塍上水边的节节草，似乎迎风便长，欣盛蓬勃，足到人的膝盖那么高，简直是有些粗野狂放的样子，我是不会有一点兴趣把它弄到花盆里去种的。

2019年7月1日晨3时20分

闪电记

有天听朋友说，有闪电的地方，稻子长得好。

很奇怪。闪电与稻子有什么关系？

——啪啪啪的关系。

这是日本的说法——日本人也是以米饭为主食，他们对于稻米的态度，甚至更虔诚。不是有"米饭仙人""寿司之神"吗？只要有一碗好饭，不需要任何配菜都可以心满意足。

古代日本是一个以农业为主的社会。古时日本人长期从事田间劳作，发现经常打雷的地方，水稻长得特别好。什么原因，百思不得其解。只好猜测臆想——古代人想象力都特别丰富，而且什么不明白的事都往啪啪啪上想。

于是人们就认为，闪电和水稻发生了关系。闪电一激动，水稻怀孕了。

"稻妻"这个词，是有来历的。事实上，它起源于《古今和歌集》。在古老的时代里，人们把"稻妻"叫作"稻交"。

"交"的意思，对，就是你想的那样。

现在看，"稻妻"这个词也很有意思，雷电是丈夫，水稻是他的妻子。

小时候，常见到闪电在田野上空奔走。

继而滚雷如大石碾过，继而霹雳声裂长空，继而狂风大作，暴雨倾盆。

夏天的雨来得猛，去得急。雨去之后，碧空如洗，万物灵光闪闪。

要我说，水稻不过也是万千野草之一种，承接雨露阳光，受惠风和空气，种种恶劣天气，不过生命之中应有之义。该来的都会来，躲也躲不掉。去承受、接纳、应付、欢喜，生命也才完整。稻子的一生，春夏秋冬，要是平淡无奇，草草而过，岂不无聊？

当然，这样说，我父亲不会同意。农人们年年祈求风调雨顺，要风得风，要雨得雨。事实上农人不是神仙，他们做不到。他们能做的，只有常常仰天兴叹，只有常常望天长跪。有田地处，皆有龙王庙，便是一例。龙王司雨，旱时各处都要请龙王莅临。有河流处，皆有宝塔，宝塔镇河妖，又是一例。河水泛滥也不成啊。

一个字，难。

有一天读到毛尖的一篇文章，题目就叫《有闪电的地方，稻子长得好》。但她说的是电影中的外遇。毛尖写电影，真泼辣，真敢说。她敢说，我不敢登。我在编报纸副刊的时候，约她写专栏，又常不得不把她文章中某处一二句擅自删去。我不删去，报社就要把我删去。所以当编辑也是幸福的，那些最终被删去的文字（往往是最妙的）其实我都读到了，而读者读到的，都是"洁版"。

所以我现在很少读报纸了。

我是那样一个"污"的人。

比如毛尖这样说："今天就来说说美好的外遇。在外遇题材上，日本电影的贡献最重大，天地良心，日本导演把外遇表现得真是美好啊。来看成濑巳喜男的《愿妻如蔷薇》（1935）……"

你看，要在报纸上，这第一句肯定会不见了。

毛尖介绍到日本导演成濑的"艺术极致作品"《稻妻》（1952）。她写：

> 如果内容提要一下，简直是八十集连续剧的容量，但波澜跌宕的日子被导演克制在平静的素描里。母亲运气差，遇到四个男人生下四个孩子，为了大家庭，她任劳任怨到让小女儿清子从抱怨到看不上，终于她忍不住问妈妈："你这样幸福吗？"妈妈的回答似乎避重就轻："什么幸福呀，你竟然也问这样高深的问题。"

不知不觉，扯远了。

不知道《稻妻》这电影有人看过没？

这几天，水稻成熟了。两畦黑糯米在阳光下，美得不可方物。

孤独是一种修行

在经历了一场几乎致命的肺炎后，美国女作家安妮·迪拉德移居到弗吉尼亚州的听客溪。她在那里生活了一年。

那里有什么？每一平方英尺土壤，包含800多只小虫、200多只弹尾虫、22条马陆、19只甲虫，以及上百万霉菌、单细胞动物和藻类。她在那里居住、观察、聆听、感受，以博物学家一般的严谨和执着，观察苍鹭觅食、蚯蚓犁土、黄蜂被螳螂啃噬、田鳖吸食青蛙，更以诗人般的诗性意趣与哲学家般的智性思考，发现事物的秘密。

在那个丰富、多维、立体、遥远的大自然里，安妮沉浸其中，如痴如醉。很难说是听客溪拯救了她的生活，还是她赋予了听客溪诗性与意趣。之后，她将这段奇特又美妙的经历写下来，成就了那本获得1975年普利策文学奖的《听客溪的朝圣》。

在她之前，美国作家梭罗也走进了丛林，在瓦尔登湖畔居住下来。那是一个没有什么出奇风景的地方。

"这一方墨绿的清澈湖水，长约半英里，周长约一又四分之三英里，总面积约六十一英亩半。四周有松林和橡树林常年环绕……湖泊四周群山高耸，直冲到四十到八十英尺的高空……群山之上，森林遍布，一片葱郁。"

梭罗每天花费大部分时间到自然中散步。他记录水果成熟的日期、鸟类的出没、大树和灌木发芽的顺序等，并制作成可供查询的表单。几百张表单几乎覆盖了康科德地区所有物种，呈现出十年来每一个月的数据。

爱默生曾说："如果他（梭罗）恍恍惚惚地从这片

沼泽地中醒来，凭借植物他就能够推断出今夕何夕今日何日，且前后误差不会超过两天。"

瓦尔登湖如此深邃宁静，带给梭罗无限辽阔的思想空间。他独自居住在靠近湖畔的一间小房子里，小房子是他自己搭起来的，然后他也完全依靠自己的双手过活，直到1847年9月6日，搬离瓦尔登湖。

瓦尔登湖如今成为世人向往的地方，甚至更像是一种隐喻，一个暗号。

在中国还有一座山，叫终南山。王摩诘在《终南别业》中说："中岁颇好道，晚家南山陲。兴来每独往，胜事空自知。行到水穷处，坐看云起时。偶然值林叟，谈笑无还期。"

三十多年前，美国人比尔·波特来到终南山，寻访那些隐居在山中的人们。在中国的历史上，隐士是一个历史悠久的小众群体。"有的人什么都不想要，而只想过一种简单的生活：在云中，在松下，在尘嚣外，靠着月光、芋头和大麻过活。除了山之外，他们所需不多：一些泥土，几把茅草，一块瓜田，数株茶树，一篱菊花，风雨晦暝之时的片刻小憩。"

山里的生活如此粗陋简单，尽管如此，许多人依然向往这种生活。他们带着简单的行李，走进遥远的山林，在山野草木松石流泉之间，获得心灵的丰富与安宁。

几百年过去，如今依然有很多人前往终南山，走进山间的丛林。然而时代不同了，他们中为数不少的人，依靠着发达的通信工具与信息网络，与外部纷纷扰扰的世界结为一体，无法分割。今天的人，大多向往隐居生活，羡慕陶渊明式"采菊东篱下，悠然见南山"的日常，却并没有几个人能真正拥有陶渊明那样的心境了。

"山气日夕佳，飞鸟相与还"，深究起来，不过是"简单"二字带来的心境的清寂平和。到山里去，挑水劈柴，晴耕雨读，不过是一种形式；有了隐居的心境，即便是身处闹市，不也一样可以达到"悠然见南山"的境界？

十年前，我来到杭州的西湖边定居和生活，用了两年时间，不断去湖边沿着固定的线路散步和遐想。我享受那样的时光：散步是一种简单的仪式，与身后市井的喧嚣、纷扰做了一个切割。举步之间，一个人就此步入了一种山明水秀、云蒸霞蔚的世界。不管是风霜雨雪，还是骄阳炙人，那两年间，我未曾缺席一次与湖边二十四节气的相遇。

湖水给予我的馈赠显然十分丰厚。在这样的行走之中，我变得宁静简单，物我两忘。我沉浸在与山水、飞鸟、落叶、昆虫的对话之中（哪怕是一个人的呓语也无妨），心中渐渐被发现的欣喜、微小的快乐、平静的满足所充盈。

去湖边行走，我并非要像梭罗、安妮那样去隐居，然而这样一种在城市繁华间的行走，无异是一种内心的修行。许多年之后，我又从城市转身，回到故乡的山脚下，重新把双脚扎进泥土，在一片水稻田里春耕夏耘、秋收冬藏。

我想，一个人，不管身处何地，心里都要有一片瓦尔登湖、一方听客溪，或是一面西湖、一座终南山。它们是每个人心中的秘境。

梭罗曾说，孤独是一个人最好的伴侣，而社交往往是廉价的。现在，当时光流水般逝去，我回头去看时，依然会很庆幸自己曾在西湖边，拥有过那样一段孤独而宁静的时光；若干年后，我也应该会庆幸，自己曾在水稻田里，拥有这样一段简单而宁静的时光。

2019年7月23日

山野的果实

　　过了立秋，天气依然热，然而山野到底还是比城市凉爽许多。出了几天差，乍一回到乡间，立刻能感受到晨昏间的凉爽，这是城市中所无。此刻，水稻田里稻花绽放，蹲下身来细细观察，一枝一枝的稻花从颖壳里伸出，仿佛纤细透明的高脚杯，随风飘摇，甚是美丽。

　　稻花是在午间最热时开放，为了拍摄水稻的花，我便顶着烈日出门。在田埂上蹲下来拍摄半个多小时，衣服便湿透。回到家后要洗澡，母亲说此时不宜立刻洗澡，先闲坐一会儿收收汗，待汗收了，再洗不迟。

坐了一会儿，母亲又从灶间端出一盆东西来，让我尝尝看，说正是解暑良物。打开盖子，发现清水中候着晶莹剔透的一块东西，仿佛是水晶糕，却并不是。这东西以前我没有见母亲做过。母亲说，这是木莲冻。我恍然大悟，以前在超市里见过一种木莲冻，像豆腐一样用盒装着，我并没有买过。家里怎么有木莲冻呢？母亲说，这是在河边采的果子，自家做的。

阴凉的桃花溪两畔，砌有高高的石埠，经年累月，石埠上爬满青色的藤蔓，这便是木莲的藤，也叫作薜荔。鲁迅先生在《从百草园到三味书屋》中，有一段文字写道："何首乌藤和木莲藤缠络着，木莲有莲房一般的果实……"这里的木莲的果实，也就是薜荔果，一颗一颗绿色的，垂挂在叶间。周作人也写到过木莲："木莲藤缠绕上树，长得很高，结的莲房般的果实，可以用井水揉搓，做成凉粉一类的东西，叫作木莲豆腐。"

木莲也是在夏季开花，花谢后，结出卵形的果实。打开果实，里面有细小的种子，富含果胶，正好可以用来制作一种特别的清凉冷饮。这天清晨，母亲与邻家婶婶一起去采了木莲果。母亲说，这木莲果在溪头的老石桥底下颇多，攀爬在石壁上，却并没有几个人认识它。这一回，也是无意中听人说起，才去试着采来做做看。

木莲果采来，用清水洗净，再用刀剖开，挖出中间的木莲籽，晒干装入一个干净的布袋，将袋口扎紧。听说，在从前没有冰箱的年代，一桶冰凉甘甜的井水，最适宜用来制作这种冷饮小吃了。如今有了冰箱，就用清洁的凉白开替代井水——母亲把装了木莲籽的布袋，浸在水中不断揉搓挤压，使其流出一种黏性的液体。去除泡沫后，将水净置，放入冰箱，几小时后，就能凝固成一种特别的果冻了。

我吃着冰冰凉凉的木莲冻，口感滑润，实在清凉。这就是山野之味。

母亲后来又做过几次。木莲冻里，有时会加入一点糖水或蜂蜜，撒几粒干桂花。一勺晶莹剔透的木莲冻入口，爽爽滑滑，冰凉清甜，哧溜一下就滑入喉咙，那清凉的味道直沁心田，别提有多愉快。

一碗木莲冻，看起来很简单，而这纯天然的消暑佳品，却唯有常在山野中闲居的人才有福消受。山野从来待人不薄，它提供云雾清风，也提供草木花朵。这碗盛夏的木莲冻，就像一首古老的歌谣，清清亮亮，质朴如斯，把人们带到草木与山野之间。

在乡下生活，这样的乐趣与惊喜是常有的。春天朋友来插秧，我们去山上采野草莓吃。最好吃的一种树莓，叫作覆盆子，长在树枝上，摘下时往往带蒂，果为实心；还有一种，叫作蓬蘽，长势低矮一些，果实空心，故俗名"空心泡"或"大水泡"，摘下时往往已经没有蒂了。这两种野果都是妙物，然而既不耐储藏，也无法运输，稍远距离的人都无法吃到。我们与朋友钻进灌木丛中，用帽子反过来盛装，一摘就是满满一帽子，吃得实在过瘾。

夏天我到磐安去，也在一个村庄里吃到那种覆盆子，果粒硕大，滋味也绝美。一打听，原来这里有人种植。我特意留心询问了一下，想着以后若在"稻之谷"附近种上一大片覆盆子，是不是也可以让自己大啖一顿了。

山野的果实有很多，平时不怎么注意，譬如"八月炸"，有一年我与父亲母亲一起进山去观瀑布，下山路上见到一条长藤，上面结满了一串一串的"八月炸"。当时就寻着了根，移植了一棵回来，然而不知道什么原因，藤是种活了，以后两年都没有见它结果。之后我便经常惦记着那山里的"八月炸"，想着若是凑到了果实成熟的秋日时节，我还要进山去寻觅，好好品尝。

深秋——大约是十月中旬，水稻收割的时候，板栗也刚好成熟。我家屋后有好几棵板栗树，刺苞炸裂，暗红发亮的栗子从枝头跌落，我常常在板栗树下捡拾板栗。有时听着一阵风来，枝叶摇动，发出簌簌的声响，栗子便啪啪落下来，打在枝干上，落到泥土树叶间。这板栗树是野生的，与别人家嫁接的板栗不同，个儿虽小，却格外好味，在大柴灶里焖将起来，一盘子端放在茶桌上，一边喝茶，一边吃板栗，一边读闲书，便觉得秋天是真正地近了。

2019 年 8 月 20 日

自带香气

2015年8月23日中午，34℃，我在田里看水稻开花。我在那天的日记里写："那么细小的花，低调地开着。没有香，也没有华美的衣裳。少年在田边行走，吸引他的永远是鸣蝉、青蛙与飞鸟，他一定不会注意到稻花。一年年在村庄里长大，他也说不清稻花是怎么样的。"

一株稻穗，一般开200—300朵稻花。一朵稻花会形成一粒稻谷。但是，即便是稻田边长大的孩子，也难得有机会蹲下身来观察一朵水稻的花。

这篇文章刊发在2016年1月7日的《文学报》上。前几天，《文学报》编辑又把这篇久远的文字找出来，在微信公号上推送了一次，结果一晚的阅读量达到三千，这就等于，三千人都来了一次俺家的水稻田，看了一次田里的水稻花。

那美丽的水稻花，纤长的花柄挂下来，就像一只瘦长的高脚杯——比现实中能见到的最瘦长的高脚杯更瘦长一些。在光线的作用下，稻花呈现出晶莹剔透的质感。我有一次给学校的孩子们分享种田的故事，把水稻花放大了给大家看，当一朵原本微小的花呈现在二三十米宽的巨大屏幕上时，那种令人震撼的大美，把现场每个人都震住了。

稿子发出，安徽省农科院水稻所的杜士云教授留言："稻花没有花瓣，也很难看到雄蕊雌蕊。"这句话不太确切，因为稻花上伸出来的"高脚杯"就是6根雄蕊。杜教授也是做水稻研究的，一年到头跟水稻打交道，他说自己是"闭着眼睛也能看清水稻花"的人。水稻开花是育种工作最重要的部分，水稻人的工作，正是一辈子与稻花打交道。我便和他开玩笑，说他是"花在心中"，至于眼睛是睁着闭着，都无所谓了。

想起王阳明的一句话："汝未看此花时，此花与汝心同归于寂。汝来看此花时，则此花颜色一时明白起来。"有一位朋友也喜欢看花拍花，还给各种各样的花写文章。他有一个观花心得，说只要把相机镜头对着花时，那花便开始摇摆；倘若不看花不拍花时，那花便在风中静静开着，纹丝不动。

这样说来，其实稻花也是如此，你不看它时，它只在田间静静开着；而你若是要看它时，它便开始兀自摇摆。

水稻开花时间极是短暂，在最热的中午，从开放到闭合也只有一个多小时。我蹲在田间观察，看见风起时，花粉以烟雾的形态在株群之间穿行——真的就像一阵烟雾，那是极细小的花粉，在风的作用下扬起、飞舞、传播、授粉，那是水稻们的爱情。

"稻花香里说丰年，听取蛙声一片"，水稻的花，有没有香气呢？

几年前我刚开始种田的时候，选栽的是普通的杂交水稻品种，确实闻不到花香，以至于有人说，宋词里的"稻花香"，指的是粮食的味道，是一种引申与意会，并不是确指稻花之香。最近两三年，我们的田里种的是一种独特的新品种"包公子"，这是中国水稻研究所沈希宏博士的研究成果，一种长粒粳米。令人惊奇的是，这个品种还自带香气。稻花开的时候，清风吹过，风能捎来稻花的香气；即便结成了稻谷，你把稻穗拿在手里搓几粒，鼻子凑近闻一闻，也能闻到别的稻谷所没有的清香。

"包公子"之前只是一个代号，是沈博士潜心研究20年的品种之一，只在我们家的稻田里种过，还没有大规模推广。我悄悄问过沈博士，"包公子"稻米的香味是怎么来的。他说，这是一种叫"吡咯啉"的物质，是由一种基因表达的。

他还专门写过一篇文章，我在这里摘一段：

"科学研究已探明，稻米的香味来自一种挥发性的芳香化合物2AP（2-乙酰基-1-吡咯啉），分子式为$C6H7NO$。控制香味产生的是BADH2基因。也就是说，香稻携带有BADH2基因，可一代代遗传。由于基因内会有少数碱基对的变化，所以香味有浓郁，也有散淡。有茉莉花型、紫罗兰型、兰花型，也有臭屁虫那样的。"

沈博士在田间，不仅按着自己的兴趣，种一些好看好吃的水稻品种，也会有意识地培育一些自带香气的品种。他观察到一个有趣的现象：不但人类喜欢有香气的大米，连虫鸟也是。"我在试验田里种植了成百上千个水稻材料，田鼠就爱找到那个香的吃，哪怕在稻田中间也不辞辛劳赶过去。麻雀也是，秧板上盖着薄膜呢，也想方设法钻进很里面，先吃香的。当然，也顺便帮我选种了。"

对于稻米香气的研究，始于20世纪70年代。我在一篇论文里查到对于稻米香味成分的鉴定，目前有126种气味挥发性成分已被确认。

其实，每一粒稻米，都自有其香味。只是，有的香气性物质含量低于人们的感知水平，你就嗅不到它的香味了。只有其香足够浓郁，才能被人感知。

所以反过来，我们怎么能责怪稻米香气不够呢？难道不是因为我们自己太迟钝了吗？

当稻花开时，我们站在田间，风吹稻舞，那稻花的香，也是在若有若无之间——我们把鼻子凑在稻花上，还闻不到那悠然的香气，而那些蜜蜂蝴蝶虫子却远道而来，忙忙碌碌，正是遥遥寄微入远方，感受到花朵的诱惑了。

2019年9月9日

会低头的稻子才有收成

后来，我的心里居然有了些祈祷的意思。

稻子们高傲地昂着头，稻穗挺立，捏一捏其中的一颗两颗三颗，依然轻飘柔软，里面空空如也。天气渐渐转凉，本来稻子该是灌浆的时候了，再不灌浆，很可能意味着收成不佳。隔着一条田埂，邻家的杂交稻一丛丛的稻穗已经低下了头，清清爽爽，散开了谷粒，显得低调而又成熟；相比之下，我们的稻田就令人焦虑不已，像是没心没肺的浪荡少年。

周一那天，父亲跟我说："我们的水稻不会灌浆，稻穗不低头，我担心可能没有产量。"

不会灌浆，对稻子来说，这是一件严重的事情。

好几亩稻田，如果都是空秕，那这一年花在上面的汗水和心血都会白费。我想了半天，想不出什么言辞来宽慰父亲，只好说："没有关系，我们就顺其自然吧，好好观察记录它的生长，就可以了。收成的事，也急不来，能收多少是多少。"

在种田这件事情上，我的经验是苍白的。我拿着照片，去请教水稻研究所的专家。专家说，这问题不大——看起来，水稻才刚开过花，还没有到散粒的时候。

吃了一颗定心丸，我便也这样安慰父亲。父亲说："那好的，只能等了。"

接下来，父亲每天都会去田间察看，每天都用手机拍下照片，发给我。到周三，父亲终于又忍不住了，问我："邻居家的杂交水稻已经垂下头，颗粒饱满，我把他们的谷粒掰开看了，浆水很多。我们的水稻还依然直立。开花的时间，我们的水稻还比他们要早两天，但我们的还没有浆……我担心，如同去年的黑糯稻。"

去年我们试种了一点新品种的黑糯稻，不知是缺乏种植经验还是品种原因，稻子也是灌浆不良，最后，半亩田的水稻收割起来，只得了20来斤谷子。因是试种，面积不大，但说起来，总算是并不成功的例子，而且汗水与辛劳的损失，就无从计算了。

周四清晨，父亲又去田间拍了照片，问我："你觉得，有变化吗？"

我看了十几分钟。虽然已稀稀拉拉有几株稻穗开始散粒低头，可大多数依旧如故，真的像青春期里那些不知轻重的孩子，只会执拗地挺着脖子，恨不得给他们一下子。

"好像，还是差不多。"我过了好一会儿，弱弱答道。

沉默好久，我觉得有必要再说些什么。今年的品种是我定的，我不能让父亲担心太多。我一字一句地斟酌："爸爸放宽心，我们静观其变吧。对于我们来说，这样的风险和变化，或许会是一种更大的收获。"

这样的话，是我真实的想法，但对于父亲，能算得一种安慰吗？即便算得，这安慰也是空洞的。而且我还没有预计到，这件事对于父亲的信心是否有打击。一个种了一辈子田的农民，有什么会比自己田里没有收成更令人沮丧的呢？

但我又不能问。好在，过了一会儿，父亲还是回复我："好的。"

几天来，我居然开始默默祈祷。

和庄稼待久了，在田野待久了，才更加深刻地知道，自然的力量，是人力所不能及的。农人常常觉得无力，因他所面对的是自然，自然是神秘的，也是无法预料的。比如干旱、洪涝、虫害、病害，以及在农人眼里，种种始料未及的状况，或许都会轮番出现。一群蝗虫，或许能让一片稻田颗粒无收；一场稻瘟，也会让连片水稻一夜焦枯。此外，稻子发棵多不多，开花好不好，授粉佳不佳，几乎都得听天由命——农人们在这些事情上，能够介入的程度相当有限。

我常常觉得，草木自有草木福，且由它们去吧。种田种久了，人的狂妄的自信心是会低下来的。低下来，人得听稻子的话。低下来，人要听天的话。

　　我记得年幼的时光里，多少次陪着父亲母亲一起，守在田埂上，守护涓涓细流流进自家田畈；也曾拿着脸盆，在小小一方池塘里舀水入渠，为久旱的稻田送去甘露。当然更不会忘记，农忙时节割稻和插秧，怎样地挥汗如雨，累到像一条只会伸出舌头喘气的中华田园犬。然而，也正是在这样的劳作里，人变得敬畏，且低微。种田人常常不明白，这世上有些人的不可一世，是从哪里来的。

　　因为一块稻田，我和父亲都有变化。父亲慢慢理解我，知道我们期待的收成，其实不只是稻谷；劳作本身，就是收获。即使是一把空稻把，对我来说，也是意义非凡的。我们每一次的尝试和创新，所需要承受的失败风险，不正是其应有之义吗？时间长了，种了一辈子水稻的父亲，终于慢慢学会用新的眼光来看待这一切。

会低头的水稻才有收成，今日我们离开城市回到水稻田，低下头，也是在用另一种眼光看待脚下的世界与生活。我们这一季的水稻品种，是沈博士研制的新品，一种长粒粳稻，这种粳稻，与我们故乡南方历来种植的籼稻很不一样，首先生长时间就不一样——这也便是为什么，一埂之隔的邻居家的水稻已经散粒结实，而我们的稻穗还带着稻花，仍执拗直立——当然，我们是后来才知道这一点的。因为时间一天天过去，我们家的水稻田的稻穗，终于也日渐一日地低下头来，慢慢地显出成熟与内敛。

　　秋天快到了，我们就在这样的时光里，耐心等待稻子成熟。

2017年9月3日

谷粒飞舞

掼是一个动作。

掼是抡起胳膊，用激情在天空中挥舞出力量的弧线。

掼是丰收大地上大声的喝彩。

有一年秋天，稻友们在兰溪新宅村的高山梯田里割稻子，农人搬出古老的农具，让大家开了眼界。答案很快明了。那是用来给水稻脱粒的，叫"禾斛"，在浦江叫作"稻栈"。20世纪70年代，生产队里用柴油脱粒机打稻；80年代初单干以后，一家人打稻就用脚踏式脱粒机，一个人打稻就用"稻栈"，用这个脱粒是纯手工劳动，速度较慢，但打得干净。

收获稻子的情景，《耕织图》中也有记录：田间割完以后，直接扎成稻把，挑回场地。搭个架子，把稻把往上叠。叠得高高的，在太阳底下晒。晒上几天以后，再放下来，在场地上用连枷击打，完成脱粒的过程。

我手头还有一本书，1985年6月人民出版社第1版第1次印刷的《中国古代农机具》。在这本书里，我查到我们在田间看到的"禾斛"，书上叫作"掼桶"——

"古代水稻脱粒，一般都用'掼'的办法。关于掼桶的设备，《王祯农书》上介绍的是掼稻簟。'簟'，就是竹席。水稻在晒场上脱粒，地上铺较大面积的竹席，席上置一较大的石块。掼稻者手举一小捆稻，在石块上掼打，稻谷脱落在席上。这样脱落下来的谷粒，不但免为泥土所污，而且可减少损失，扫集起来也比较容易。掼稻簟又可供晒谷等其他用途。"

"掼桶"，以前在南方田野里常见，现在已经极稀有了。掼稻，实在是一件相当费力且辛苦的事情。

掼稻人两手举一小捆稻，将稻穗在桶面掼击，谷粒脱落。有的掼桶上面，还用围幔围了三面，这样脱落的谷粒，就不会四处飞溅，落到泥土中去了。

南方人收割水稻，为什么不像北方一样，把稻把运回场地，叠得高高的呢？因南方收割时节往往多雨，田稻湿重，不能把割下的稻株运到晒场上，就只能在稻田里脱粒。

那天，我们在高山梯田里体验掼稻劳作，两手用力挥舞起稻把，又用力挥下，全身的力量凝聚在膀子上。当沉甸甸的稻穗头击打在木桶的表面时，谷粒瞬间飞舞，陆续落在桶中，稻谷在桶中渐渐地满起来。

在我小时，经常用的一种打稻设备，是半自动的"掼桶"，或者说，是"脚踩式的打稻机"。稻友们在常山县五联村"父亲的水稻田"体验收割时，我们就把那沉重的打稻机搬出来，七八个人一起抬到田中。割倒的稻把，一摞一摞叠在田间，从这一双手递到那一双手，最终沉沉的稻穗停留在滚动的打稻机上面。随着手势的翻转，稻粒与飞快转动的机械部件接触，谷粒飞溅呀，谷粒欢快地飞溅，那丰盈的收获感，压得打稻机也越来越沉。

前几年，我在稻田里劳作与收割，见田野中间开阔一些的地方，开来一台全自动的收割机。我站在田埂上，眼见得那巨大的收割机像坦克一样开进田里，长长的手臂伸出去，把金黄的稻穗割下收入腹中，屁股后面，一个管道吐出来的，是截碎的稻秸；另一个管道吐出来的，是金黄的稻粒。

这个机器实在是高效极了。收割稻子，以前被我们畏为难途，一家人常常是黎明即起，星星还挂在树梢，就踩着露水下田劳作，又要天尽黑时，才踩着月亮下的影子回家，一身劳累，无从言说。而今，同样面积的稻田，这收割机下得田来，只消几分钟，就轻轻松松地完成了。虽然，这机器的收费也不低，但总算是对劳动力的一种解放。对农人来说，当然是好事。

我也是新农业的拥护者。在"父亲的水稻田"

组织的活动，我们让大家得以体验真正传统的劳作，比如春天打赤脚下田插秧，深秋用镰刀收割，这劳动是对文化的传承，亦是对生活的直接感受。但是，我也同样热情拥抱新劳动工具的加入。耕田机、插秧机、收割机，这些新工具的加入，一定会使农人从艰辛的体力劳动中解脱出来，这未尝不是一件好事。

遗憾的是，收割机还是太少了。传统的单家独户的耕作方式，加之南方山区土地零零碎碎，没有大规模种植的条件，村庄中仍在种田的农人，每到收割时节，仍然要纠结很久——家中没有劳力，只剩老人，要下田收割，力有不逮。

然而收割机也总约不到。人们常常盼星星盼月亮，盼着收割机的到来。

邻市有一个开收割机的人，如是单家独户的一小片田，就算千方百计邀请他，好话说尽，他也不愿意专程开过来收割。他有他的难处，机器开一趟过来不容易，总是要凑到十几二十户一齐收割，他才够本呢。

可是，大家的稻田，成熟总是有先有后，哪里会说约好了一样，哗啦一下，全部成熟了呢。有的时候，权衡再三，也不得不在水稻还没有成熟的时候，就收割了。或者，即便自己的稻田早就成熟，也没有办法，只好继续等着。三等两等，收割机没有等来，却等来了接连的台风和暴雨，于是，那损失就大了。

我呢，每到水稻成熟时节，依然是拎着一把镰刀下田。

沉甸甸的半自动的"掼桶"呀，我与父亲一前一后，小心翼翼地抬进田中。而在我们的四周，稻谷已经金黄一片。

2019年9月6日

获稻手札

寒露前后，是获稻的时节。于是约了几个朋友，一起收割稻子。

我们乡下现今已经没有多少人种稻子了，这一门古老的手艺，怕是慢慢将成为乡村的绝唱。我父亲还很固执地种了一些，一年一年种下来，仿佛已是生命的习惯，真要不种田了，日子反而不好过。闲也是闲不住的，人反而会闷出病来，父亲一直这样说。

前些时候，一位人类学家还是社会学家，在一次交流中谈到现代社会的文明与土著部落的原始，哪一个更具有持续性。其实这个话题，答案不言自明：

刀耕火种是可持续的，涸泽而渔为不可持续；小农生产是可持续的，大工业文明为不可持续，因文明社会是很脆弱的，一碰就碎，一点就炸。电影《阿凡达》不就是一个隐喻吗？处于自然状态中的原始人的生活，不一定就是绝对落后，当文明落败的时候，人们说不定还得要求助于最原始的生活方式。本来，盛与衰，先进与落后，就是一个循环起伏的过程，周而复始，生生不息。

人类文明的大事情，就留给学者们去论争。然而我对乡下的耕种，实在是有着一腔热情的。梭罗一百多年前甘愿躲避到山野之中与湖水之滨，离群索居，自耕自种，悠然自得，而今我依然觉得这样的生活有它的价值。在乡下生活，实是将身外的欲求缩减到最小的限度，由此换来一个更大的心灵的自由空间。

我们就这样来到田间，眼前是一整个秋天。虫鸣，鸟叫，炊烟在村庄里升起，露水在清晨凝结，一阵风来，成熟的板栗从树梢上掉落，啪啪作响，大尾巴的松鼠则轻盈地从这个枝丫蹿到另一个枝丫。这样的秋天摊开在我们面前，所有人都觉得新鲜不已，这些来自城市的客人，算是真正闻到了秋天成熟又内敛的香气。

六个壮年男劳力共同抬着一台硕大的打稻机，嘿呀嘿呀，走到田里去。然后就踩进田间。皮鞋早已沾上了泥巴，衣服上挂满了草叶。但这没问题，大家都觉得高兴极了——在一小片稻田中间，我们围拢起来，双手抚过沉沉的稻穗，然后弯下腰身，以一种近乎仪式般的虔诚与敬重，开始这一项秋天里的劳作——是的，与其说是一次收割水稻的劳作，不如说是一场以稻田为名的艺术活动。

我在北京国家大剧院观看了云门舞集的《稻禾》演出，内心的波澜与震颤难以形容。我从小到大在田间经历过的一切，风云雷电，稻浪声声，仿佛就在那个舞台上被唤醒。

那是献给大地的颂歌。从春到秋，从冬到夏，从谷到禾，从禾到谷，大地上的故事周而复始地上演。大地上的人，分分合合，生生死死，悲欣交集，热烈平淡，也不过是在轮回往复。正是这一刻的顿悟，令我动容。

秋意高远，雁过无声。收获是这个时节最重要的主题。在田间，在山上。挖番薯，挖芋头。拾板栗，捡核桃，采山茶果。我常想，故乡给了人们那么丰厚的馈赠，人们是不是真的懂它。比如深秋，我在山道上行走，随意可以发现很多甜蜜的野果——比如"八月炸"，这个时节成熟，高挂在枝叶藤蔓之间，果皮开裂，蜜一样甜；比如野猕猴桃果，小小的，挂在藤子上，表皮缀满细密的绒毛，已然吐露着发酵的酒香。这时的山林，风一吹来，飘扬着成熟的野果发出的甜香，果然是深秋的气味。这时节熟透了的果实，鸟会吃，松鼠也会吃，蜂子也会来吃；时间再往后一些，天气就更冷了，树叶将会凋零，成熟的果子也就落地，送给更小的蜂子或蚂蚁去吃。

在这一点上，草木野果真是慷慨，并且不

执——不执于事，不执于人。秋风起时，当枯则枯，当黄亦黄，当落就落，当败也败，顺应着时节的进展，一切都正好。令我想到，这岂不是魏晋人的风度？我们这个时代的人，哪里还学得了这些？

2018年10月30日改定

晒月光

下午接到县里文化部门的电话，说想到田里拍片子。

父亲说不巧，刚收割完。下午收割机经过村子，就割了，等不及。

今年因为家里建筑"稻之谷"，没有组织稻友的集体收割活动。而我在外奔忙。上周和《钱江晚报》的孙雯一道，在田埂上流连半天，已是一片丰收景象。

现在，告各位稻友，新米可期。

为了晒谷，父亲把我车上的帐篷要去，说要夜里陪着稻谷晒月光。

稻友说，校长同志辛苦了。又问：为什么要晒月光？

我说，据说晒过月光的稻谷不仅有米香，还有月香。

前几天，贵州朋友月明发来一张照片，是她在乡下帮贫困户收稻谷。图片上，农人用的农具叫"户兜"——举起稻穗重重击打"户兜"，使谷粒脱落。

这种纯手动操作，已经多年未见。

前年，我们在"父亲的水稻田"兰溪新宅的基地见过一次——基本上属于农事娱乐体验型——大家搬出了古老的农具，脱了衣服光了膀子哎嘿呀嘿击打稻把，不亦乐乎。

然真正这样从事收割的，江浙几已绝迹。

日本人这个时节也在收稻子。他们收割后的稻把，用木头架子晾起来，层层叠叠，晒干以后再击打脱粒。九月初，我们去新潟，也下田收割，种稻的田中仁先生开着一辆小型收割机过来。这种小型收割机收割精准且高效，也是新型的收割之法了，令我艳羡。

中国五联村，面临同样的问题：青壮年劳力缺乏。大家奔向城市，务农者减少。从前收割稻子，还有邻人相帮，今天我帮你，明天你帮我。现在找个帮手都困难了。手工收割，困难。

收割机也并不多。

收割机太贵了——日本见的那台是30万元人民币；中国的国产牌子卖多少钱，我估计，至少大几万吧。就种几亩水稻，谁会想到买一台收割机呢？

我早两年就和父亲开玩笑，要不，我们也买一台？我们把耕田机、插秧机、收割机都备齐了，那就是新型种田人了。

父亲大摇其头。

我明白他的意思。

父亲如果今年30岁，父亲如果想种100亩水稻，说不定他会那样做。现在，算了。

收割机来了，哗啦哗啦，很快把水稻割完。我打电话给父亲的时候，父亲说，已经割完了。

收割机是路过村庄的。今天路过了，下次就不知道什么时候会来。缺乏劳动力的农人，就把稻田都交给机器收割完了。

今年我们家里还在造房子。晒谷坪坑坑洼洼，堆满砖头与钢筋。到哪里去晒谷呢？父亲找了一块水泥地，就在大片田野中间。

稻谷要晒干，大太阳，至少四天。阴雨，就更麻烦，收进，摊出，收进，摊出，天天折腾。我求老天多晴几天。

如果连晴几天，夜里就可以不收了。

但父亲还是不放心：这是大家春天就预订了的米，而且是那么稀罕的品种，万一被人偷了怎么办？

于是父亲向我要帐篷，他要守在田间，守着稻谷晒月光。

十五月儿十六圆，今晚更比昨晚圆。

月光如水，晒着村庄，晒着田野，晒着稻谷和父亲的帐篷。

四野一定有秋虫鸣唱。如潮，一波一波，一波一波。

好睡喽。

2018年9月25日

流水似的大米

　　我们把七八袋稻谷搬上车，去桐山碾坊碾米。吸饱了阳光的稻谷装在袋子里，每一袋有七八十斤（估计阳光有二十斤）。"斤"是我们乡下农人的说法，如果换成书面用语"公斤"或者进一步规范成"千克"，那就不像是我们的话了。稻谷朴素，如同大地一样，一点儿都不书面；我从田间回来，沾了一裤腿泥巴，以及一裤腿野草飞针，掸都掸不掉，也一点儿没有书面样子。我和父亲一起，用力扯着编织袋的角，把沉沉的稻谷装上车。越野车的后备厢里，叠了五袋；后座上又堆了两袋，副驾座位边堆了一袋，再装不下。车子开起来，遇到坑坑洼洼的路，车子里的稻谷之香与太阳之香，都仿佛随车一起颠簸，于是满车都是谷香太阳香。

桐山碾坊的老头，开加工厂有七八年了，以前用一台老式机器，谷子在上，白米与麸糠俱下，这样还要用风车风过两轮，才能有白花花的大米。现在鸟枪换炮，直接就是糠作了糠，米作了米，流水似的大米从口子里淌出来，叫人欣喜得不知道如何是好。我伸手去接，那米滚烫，冲击在手掌上，一阵带有力度的热流遂传至全身。我从这米流里，抓起一把白米，站到门口去吃。斜阳照在我身上，也照在这一掌白米上，粒粒晶莹，十分好看。我撮起白米放进口中嚼，像吃零食。这种吃法，能吃出米的本味来——虽然开始有些硬，只要略略地嚼一会儿，它就成了米糊，一种绵绵的香味，遂在口腔中蔓延开来。

这些米里，其实有两个品种，一是曹总提供的嘉丰优品种，一是沈博士提供的长粒粳品种。春天的时候，我们把两种水稻，插花一样地插在了同一片土地上。它们渐渐地生长起来，也错综复杂，你中有我，我中有你。高矮胖瘦，当然有所不同，稻秆的力量，稻穗的形状，稻叶的颜色，以及稻谷的粒型，都有些不同，但这并没有什么大不了的。到了秋天，水稻成熟，一台联合收割机轰隆隆地开过来，威武雄壮地开进田中。割吗？割吧。对于机器来说，这水稻与那水稻，甚至水稻与杂草，都没有什么不同，它在田间快速推进，把两种气质的稻谷都收进了囊中。所以，现在你若问我，口中嚼着的这大米有什么香气，我会肯定地告诉你答案：暗香。当然，也可以叫作，混香。

碾米的老头，头发本已斑白，忙活了半天之后头发更加斑白了，因他头发上，落了一层米的灰。细看的话，他的眉毛、他的肩膀上，都落了一层白色的米灰，他却不以为意。这米灰弥漫在空中，在逆光下竟营造出一种朦胧的意境。不远处有一群人在田埂上走过，听说是去参加某个自然村一老人的白事。他们的身后，稻田一片金黄，使人不由想到，许多事物正在成熟，许多事物也正在老去。有唢呐的声音，从田野上空传来。

我还在碾米之时，有一名妇人也来到碾坊，她盯着我看了半天，说哎哟，这不是那个谁吗。当时我正在瞅天，因为头顶一棵乌桕树上栖满了鸟儿，虽然已是秋天，乌桕树叶还没有变黄变红，满树的乌桕果实也还包裹着果壳。那些鸟儿在树上剥食，一会儿吃，一会儿振翅嬉闹，我仰头看了好一会儿，直到那妇人叫我，我这才发现脖子都酸了。我却认不出她来。我于是大胆着问她，你是何个。她笑了，说你认不出我了吧？却依然不说自己的名字。我看了看父亲，又看了看碾坊的老头，终于也还是没有张口去打听。碾米机器的声音震耳，我却能听到树上鸟群的声音，以及远处唢呐的声音，自己也不由得有些惊异起来。

来时七八袋，回时变成了八九袋，谷糠有两袋，鼓鼓囊囊，有些轻飘，大米的袋子却愈发重了。我和父亲把这些袋子又搬上车子，临走前付了一百元加工费给老头。大米在车上颠簸，米的香气愈加四溢出来。我把手搭在米袋子外边，依然觉得有些许烫手，那机械的力量在对每一粒稻谷磨皮的过程中产生了热量，这热量又进一步激发了米的香气。我想着要尽快地把大米分装好，明天一早就送到县城快递站去发货，以便及时地让稻友们品尝到新米的香味。快递站的小毛，我早已同他打过招呼，几年下来，每到此时我们都会寄出一两千斤大米，他也已经习惯。只是农产品长途寄送成本太高，尤其是寄到中西部地区去的，邮费吓人，然实在也没有什么好的办法。

吃过晚饭，舅舅来家，一进门就说，这米好香啊。我们的米已经用特别设计的布袋子分装好了，一袋十斤，近百个布袋子装好了温热的大米（阳光也同时装了进去），缓慢地散发着香气。临装纸箱前，我和父亲说，你还是写几个字吧。父亲执了毛笔，凝神停在空中，不知道写什么，我说不如就写"新米有九月阳光的味道"吧——这话不假，我们说的九月，指的是农历九月，九月阳光晒得稻谷发烫，晒得野草苍黄，晒得板栗核桃橘子纷纷成熟且馨香。父亲于是写了一张，又写一张，他的毛笔字不见得有多好，无非是农民的字罢了，一笔一画都率性天然，我愣着看了好一会儿，居然又觉得每个字都有些耐看了。

2019年10月9日深夜

卷 三

相 见 欢

目光清澈的人，在那稻田相见

1

走过竹林边，岜农顺手揪下几片竹叶，走到台子上吹起来。

竹叶的声音清清亮亮，从音箱传出，又如云雀一般钻上天空，在山谷间回荡。

然后岜农开口唱歌。岜农开口唱歌的时候，整片田野的稻谷就一下子黄了。

岜农唱：

河水清清好洗手

泉水清清好洗头

姑娘你来了洗洗手啊

洗得那一双白嫩嫩的手啊

姑娘你来了洗洗头啊

洗得那一头长发黑黝黝

河水清清好洗手

泉水清清好洗头

你若是真的爱她的美啊

就该像爱她样爱这山山水水

这是在金华浦江，一个名叫隐逸的小村庄。金黄的稻田里，几十个人坐在云彩下，坐在一湾溪流的怀抱中。小雨初歇，空气清朗，成熟的稻把已经收割在地，大家就这样坐在稻田间，听岜农唱歌。

那个身着土布衣裳的人，从遥远的地方来，或者说，是从另一片稻田里来。他所在的村庄叫岜岭屯，在广西与贵州交界南丹县的山里。房子在山腰上，窗外有云朵停留。

好些年前，他学画画，在城市打工，游走过好几个大城市，打了十几年工之后，决定回到山腰上的老家，去过低头种地、抬头唱歌的生活。

第一次听到他的歌声，我立即就被打动了。那时，我也回了老家，种一片水稻田。我听到他唱《回家种田》，唱《哪个螺蛳不沾泥》，还有和村民们一起唱的欢乐的《邑山舞曲》，听了一遍又一遍，在乡间的夜晚。

2

我和沈博士一起蹲在田埂上。

与我们额头齐高的稻子已经成熟，谷粒金黄。

不远处，溪水潺潺，乌桕举了一树红叶。

沈博士伸手捋了几粒稻谷，用大拇指和食指指腹一捻，一粒稻谷就脱去了壳。然后，他把米粒放进口中品尝。

我也学他的样子。但我手指都捻痛了，还是捻不开谷壳。

沈博士说，他每天都在田里这么干，这是练出来的。

这个家伙，一年当中有三分之二的时间蹲在田里，他把自己晒成了黑不溜秋的朴实的样子。在一次喝了很多酒后，他居然公开声称，他的真心全部交给了水稻。

"水稻就是我的情人！"

如果他田里的水稻会说话，一定是一口东北话，水稻说："你瞅啥！"博士说："瞅你咋地！"是的，他瞅水稻，是狠狠地瞅的，是把水稻当美女一样瞅的。

我曾从杭州跑到海南，跑到博士的实验田里去看他。

难以理解的是，他作为一名科学家，居然比我乡下的农民父亲待在田里的时间还要多（不久以后，我父亲在稻田里种上了博士研究的水稻品种）。

可是这会儿，我们是在隐逸村的稻田里。我们在田埂上走来走去。稻田里的气味很好闻。蚱蜢在那里蹦跶以及恋爱。红蓼在开它的花，一片一片地红着。田间的稗草已提早一步成熟，风一吹就把自己的种子撒入大地。

这个时候，和我们一起走在田埂上的许诗人，脚下一滑，一个屁股蹲坐进了稻田里。

3

一屁股坐进稻田里的诗人，是个热爱泥土的诗人。他曾经为钱塘江边野生野长的三棵油菜写了好几首诗。

他的家就在江边上，他在那里看涨潮落潮，也看石榴花开，看桃花谢去。但是相比之下，他更喜欢蹲在菜地里消磨时光。

他说："我蹲在菜地里，如同回到乡野的孩子，回到有外婆在的乡野，回到有父亲在的乡野。"

现在，他在这一片乡野里，把自己的屁股交给大地，并在破了洞的牛仔裤上，涂抹上新鲜的泥巴与青色的草汁。

稻田的不远处，丁老师他们在画画，准备画出这个村庄的古老和宁静。他画那棵乌桕树，也画那几堵倔强的夯土墙，然后用大面积金黄的颜色，画出乌桕树旁大片的稻田。

诗人吴老师，在认真地聆听着岜农的歌声，听着听着，眼睛忽然就红了起来，有晶莹的东西在眼睛里闪动。

我想，他们一定是被这片稻田饱满的金黄所感动，或者，是被稻田上空路过的云彩所感动。然后，吴老师上前，为大家朗诵了一首她自己写的诗（那是一首关于天空与云朵的诗）。

4

岜农白天在稻田里劳作，晚上就在星空下弹琴唱歌。

他在遥远的山村里，组了个村民们一起参加的乐队，叫瓦依那。瓦依那，什么意思？壮语，意思是"稻花飘香的田野"。

而在这里，一群设计和艺术界的朋友建了这么一个民宿，让这大山深处的隐逸村生长出很多新鲜的活力。这样一片水稻田，也早已生长出超出粮食本身的意义。

岜农所生活的那片稻花飘香的田野，与在隐逸村这片稻谷飘香的田野，中间隔了一千七百公里。他坐汽车，坐飞机，坐巴士，从那片稻田来到这片稻田唱歌，唱了一首又一首。

在歌声里，两个相距遥远的地方的稻田，意外地建立了某一种关系。在歌声里，沈博士开始思考水稻在远古时代的迁徙线路；吴老师已经朗诵完她的诗，回到餐桌旁，吃完一个用葡萄叶包裹的小饭团；许诗人小心地掸去衣服上的细碎草叶，他破洞的牛仔裤里已经钻进了带芒的谷粒。在歌声里，夜色渐浓，几十位来自城市的朋友，因为离开泥土太久而早已忘掉的乡野味道，这会儿悄悄地充满胸腔。野草在我们身旁哧溜溜地生长，而孩子们在田野间疯跑，她们满头大汗却不知疲倦，没有人阻止她们继续这快乐的游戏。

直到夜晚来临，大家在稻田边上燃起一堆篝火。

在火堆旁，岜农轻轻拨动琴弦，鼓手拍打出舒缓的节奏。博士忽然说："是啊，你看，岜农的眼神很明亮，很干净，我喜欢。"

许诗人立刻说："我也喜欢，我比你更喜欢！"

火光熠熠，他们围坐在一起，目光都纯净清澈。

目光清澈的人，早晚都会在稻田相见。

2018年11月6日

稗草帖

　　他的水稻田，是谜一样的世界。我们到他的试验田里去看，那些水稻长得乱七八糟不成样子。每一个水稻品种（试验材料），三行三列，一共九株，这原没有什么；然而他的田里，总共有几千个试验材料，想象一下，那是怎样壮观的场景。所谓千奇百怪，所言非虚，各方神圣都来了——有高有矮，有胖有瘦，有像瘌痢头一般稀稀拉拉的，有如梅超风一般野蛮生长的，有结的穗子沉甸甸的，也有光抽叶子不结果的。真可谓，八仙过海，群英荟萃。

　　然而，每每他走到自己的田间，望着眼前芸芸众稻，便觉得甚是美好，仿佛这般景象正合他意。他说，要的就是多样性，这样世界才精彩。就跟人一样，千篇一律有什么意思呢？他每天很重要的工作，是在自己的"后宫三千佳丽"中转悠、观察、记录，选择自己最钟情的某一个品种，然后与别的品种进行结合，使之开花结果，再孕育出新的品种。就这样一年一年，通过不断观察、发现、培育，研发出不一样的水稻新品种。

他还要求自己的科学助手，田间劳作时悠着点："我的田里，稗草也不需要清理得那么干净。"助手也是窃笑不已。你看吧，他的田里，不仅水稻长得怪，杂草也旺盛得很，有的稗草简直无法无天，比水稻长得更加骄傲，鹤立鸡群，稗立稻群；人家没开花它先开花，人家没结籽它先结籽，事事快人一步。水稻们还在那里酝酿，稗子们已先声夺人，在秋天率先成熟，风一吹，草一摇，它们就把种子摇落，潜进了脚下的泥土当中。

他说，算了，算了，稗子也不容易。

天地之间，物竞天择淘汰一拨，农人勤力劳作剔除一拨，多少生物种类销声匿迹；而稗草居然能坚强地存活下来，自有它的生存哲学。生命在于奔跑，稗子从诞生之初就在奔跑。只有先人一步，才有可能占据主动，这是稗草教给我们的。一万年前，水稻或稗草，原本就长在一起，并没有太大的区别；后来到底心性不同，才慢慢得以分离出来，生命的形态也才变得丰富多彩。

他是搞水稻研究的博士，他的田里，也时常会有一些野生稻，外行的人去看一眼，觉得不过是些野草而已。然而正如他对野草的态度，他对于病害与虫害，也一样是心怀宽容。虫子吃，就由它吃一点吧，虫子也要活下去。杂草要长，也由它长一点，杂草也该有自己的空间。病害虫害草害，从来都是与水稻相伴相生，不是此消彼长，就是彼消此长，你要把人家赶尽杀绝，说不定适得其反。狗急了还跳墙呢，何况虫子野草，说不定哪一天它就来一次大反扑，弄得人下不了台。这真不是空口说说。譬如广谱的除草剂，强效的杀虫剂，一时看起来很厉害，长远来看如何，还真的下不了定论。不要以为虫子就很弱智，说不定它们比人还高明。它们在世上存活了几千万年，什么风雨没有经历，什么世面不曾见过？走到了今天，依然以一种卑微的姿态生存着，你人类敢说就一定能把人家灭掉吗？

所以我觉得，这位博士的哲学里，有一种宽容的态度。他与虫子的关系，甚至比尘世间一些所谓"朋友"的关系还要纯粹。水稻与虫子，虫子与青蛙，青蛙与蛇，蛇与老鹰，它们经过千年万年，相互调适，终于到了一个相互平衡的状态，你们人类，非要横插一手，是不是有些过分？他这样说着，看虫子的眼神里，似乎都充满了柔情。

风吹叶摇，稗草早早地把种子播撒到了土地里，他也早早走去了田里。他的工作，无非是用一些笨的办法，花费许多年时间，出来一点科研成果。但是他不急。春夏秋冬，四时更替，他更像是一个遵守时节的老农，按着自然的规律行事，也接受着时间的指挥。我们也就知道了，在这个世界上，没有永远的对抗，也没有永远的敌人，有的只是相互陪伴。病害虫害，野鸟飞虫，都是水稻的朋友，而不是敌人。这是一种相生相杀的关系，若失去了蝗虫与稗草，水稻的生命似乎也会失去光彩——至少是一小部分光彩。

我走到田间去，一年一年，面对一片稻田的青黄变化，也不觉得产量或高或低有什么影响，只坦然接受这一季水稻的所有遇见。阳光是它的，风雨是它的，虫害病灾，也是它的。正如人的一生，起起伏伏，山高水长，无所谓坎坷，也无所谓坦途，每一段都是不可或缺且独一无二的旅程。如苏东坡词中所言，"也无风雨也无晴"；亦如沈博士相告的那样，不要以为虫子就很弱智，说不定它们比人还高明。这样一想，很多时候你就成了杞人，所有的担心都是多余。倒不如像王羲之那样，学着给稗草写一个帖——"不得执手，此恨何深。足下各自爱。"

2019年7月20日

包公子

    正月初一晨赖床，随手翻床头旧书《国史大纲》，得一史料，遂发水稻育种家兼专栏作家沈博士，作拜年之礼，亦一喜也。

    "当时三吴农事，不仅努力于水利之兴修，又注意到种子之选择。真宗大中祥符五年，以江、淮、两浙路稍旱即水田不登，乃遣使就福建，取占城稻三万斛，分给三路为种，择民田之高仰者莳之，盖旱稻也。"

    文中又说，这个占城稻"穗长而无芒，粒差小。其种早，正与江南梅雨相当，可以及时毕树艺之功。其熟早，与深秋霜燥相违，可弗费水而避亢旱之苦。

其种地不必腴而获不赀，可以多种，而无瘠芜之地"。

大中祥符五年，即1012年。在宋代即能如此注重选择合适的水稻品种，也是厉害了。

沈博士作为水稻育种专家，毕生之力，都用在一件事情上，即不断培育更优质的水稻品种。当然这件事，全中国许多水稻科学家都在做，包括袁隆平先生。沈博士也是其中一员。每位科学家的工作目标，大约有些不同，譬如袁老，是一心为了水稻增产，让有限的土地能养活更多的人。这是历史赋予他那一代水稻人的重任。时代发展到今天，人们对于水稻不再只是满足于"吃饱"的需求，还要求吃得好、吃得美。所以沈博士，他是一心要培育出好吃的稻米品种来。他主要研究"长粒粳"，你看吧，他的水稻试验田里，每一季都种着五千多个品种的水稻，简直让人看花眼。你要找沈博士，就得去田里找他，一准找得到——他戴一顶草帽，两腿穿着高筒橡胶鞋，人扎在水田里，手上拿一个笔记本，管它是多么酷热的天气，他都在那太阳底下晒着，一晒就是六七个小时。

所以，他肤色比谁都黑。

他的水稻田，在杭州，在海南陵水，也在印尼的爪哇岛。一年到头，他大部分的时间都在这三个地方度过。2016年的正月初八，我专门去了一趟陵水采访沈博士，在中国水稻研究所的南繁基地宿舍里住了四五天。水稻科学家们埋头钻研的精神，令我大为感动，回来后，我专门写了一篇长长的文章，发表在《人民日报》的《大地》副刊。

沈博士研究的"长粒粳"品种，跟传统的粳米不一样，传统的粳米基本是短肥圆，只有南方的籼米是长粒形。沈博士觉得长粒形漂亮，而短肥圆不好看。"好看""漂亮"，这从一个科学家的口中说出来，还真是让我觉得有点意外。然而，沈博士不是"唯颜值论"，这也是有科学依据的，因为稻谷颖壳纤长的话，水稻的灌浆就可以更为充分和舒畅。而在我看来，这就是科学的理性与文艺的感性相结合的观点。

后来，我们家的水稻田里，也种上了沈博士最新的研究成果，一种长粒形的粳稻。第一年水稻收获之后，稻友们品尝过新米，都觉得糯性足，Q弹，有嚼劲，太好吃了。这个新品种的稻米，在我们的乡村里，是从未种植过的——我们南方山区，从前一直只种籼稻，可以说，这长粒粳稻米的口感，超过了这块水稻田里以往种过的任何一种水稻。

那时我们还开玩笑，说人家日本的大米好吃，大米的名字也好听，什么"越光米""梦美人""一见钟情""秋田小町"之类的，我们不如也起个好听的名字吧。沈博士的这个新品种还没有命名。比如，长粳的香米，长粳的软米，长粳的黑米，长粳的香糯，还有很多很多，暂时都没有名字，有的只是一个一个的代号。而那次，一起参与水稻田收割的一位稻友，雅号"包公子"，擅长舞剑，如行云流水，于是沈博士一拍大腿，宣布将新品种命名为"包公子"。这成为"父亲的水稻田"史上的一段佳话。

"包公子个子中等，不偏不倚，金黄可观，米粒如杏眼。轻风一来，还会舞动叶剑。一招回头探月，杏眼微露惹人爱。包公子喜欢在有温度的日子里，不紧不慢地生长……为什么会软糯又有韧劲呢？因为她有半个糯基因，粳性的淀粉结构也更紧致均匀。清香，则多是因为新鲜……"

大约几个月以后，沈博士在下田科研之余，也写起了学者型散文，并在报纸上开了专栏。沈博士一出手，便让大家称赞不已。譬如他写的上面这一段关于"包公子"的文字，真是把这个品种的特性写活了。

第二年，沈博士又突发一想，给我们换种了"包公子二号"，即在"包公子"基础上带上了香味。这种香味，是米粒自带的香型。据说世间美好的人都自带香气，那么，"包公子二号"自带的香气，则是一种优雅的清香。次年深秋，我们在田间获稻，将谷粒放到操场上晾晒，微风就捎来微微的香气；谷粒碾成大米，米香就一阵阵悠悠地飘进鼻子；当远方的稻友收到我们快递过去的大米时，打开箱子，居然依然能清晰地闻到这精致的米香。

传递粮食的人，手上带着花朵的香气。

这就是"包公子"的故事，这也是"包公子"与她的120多个朋友的故事。

2019年2月11日

出门即是稻田

寒山在练字。有一天，寒山写："稻亦有道"。又一天，寒山写："读书随处净土，出门即是稻田"。

寒山是中国水稻研究所的主任，掌管着广袤的稻田——水稻科学家们培育出来的新品种，要在大地上栽种培育，需要寒山主任逐项安排出去。那是一项细碎烦琐的工作。一位科学家，手上需要种植的水稻材料（也就是一种水稻）达数千种之多。一般来说，一种材料三行三列，一共九株，倒是不多；然而几千种材料，要分门别类栽种到位，分别插上对应的标签，而且完全不能搞错，实在是一项考验。整个研究所，又有那么多的科学家——所以我十分敬佩寒山兄。他朴素的样子，圆圆黑黑的脸庞，写满风里来雨里去的故事，又像计算器一样精确地记载、安排着水稻的种植，以及生长发育，令人惊讶。寒山兄很谦虚，总是摆手，我不是科学家，我是为科学家们做好服务工作的。而实际上，据我所了解，水稻科学家们发表在国际英文杂志上的论文，每一篇背后，几乎都有寒山洒下的汗水。

寒山手底下，还有几百个"科研农民"，或者叫"科学助手"。他们分散在广袤的稻田深处。我曾在早春时节，在海南陵水县的南繁基地，见到很多妇女在田间劳作。她们把田间的水稻材料整株地挖取出来，然后坐在椰子树荫下剪花。剪花，其实专业的说法是"剪颖"，在水稻自然开花时，剪去稻穗上的颖花顶端三分之一的颖壳。这样一剪，也就有了"母本"，可以把"父本"的水稻材料花粉抖进去，实现杂交的目的。这工作细致而烦琐，却是水稻科研工作中必不可少的环节。再比如，插秧时节，水稻研究所科研基地里，一排排的插秧工人正在娴熟快速地插秧。他们为了完成科研工作起早贪黑。少了他们，行吗？答案显而易见，是不行的。

然而现在，这样的工人却一年比一年难找。有一天寒山就在微信上感叹，种田人都找不到了——他正为插秧发愁呢。而这几乎已是乡村里的普遍状况，农人离开了土地，去工厂上班，他们曾经熟稔的手艺被抛下了，因为无法凭借种田这门手艺过上好日子。

寒山的工作场所，就在田间地头。杭州富阳的稻田基地，海南陵水的稻田基地，都是他的场域。田里的事，没有人比他更清楚了——我第一次去海南采访沈博士，就是寒山骑了一个电瓶车，把我送到田里去的。就这样，我们建立起了一种革命友情。当然，那时候我并不知道寒山还会吹口琴。直到有一年春天，我们"父亲的水稻田"的插秧活动，寒山兄和沈博士、许诗人一起参加了。插完了秧，我们又在水库边吃鱼，晚上则在水库对岸的溪东村住宿。那一晚，我们还在村民的礼堂里，搞了一场烛光诗会。

长条桌子拼起来，烛光亮起来，白天把秧插得歪歪扭扭的那些来自都市的大人和小孩，排排坐起来。画卷上的水墨山水，悄悄地围拢来。然后，读诗的声音在宁静的夜里飘扬起来，摇曳的烛光如一棵棵根植于心灵的禾苗，欢喜地摇摆……

那是一个无比美好的夜晚。我记得西藏回来的诗人余风，朗诵了他的诗句：

"摘一朵白云戴在胸口 / 我便是天堂里的新郎 / 以阳光为胭脂 / 涂上高原红 / 这一辈子便不舍拭去……"

诗人禾子，朗诵了他新作的下田诗：

"哦，那么多白嫩的脚 / 突然看见泥土 / 羞愧得像一群新娘……"

沈博士则朗诵了波兰诗人米沃什的《礼物》：

"如此幸福的一天 / 雾一早就散了，我在花园里干活……"

后来，夜深之后，寒山在某个房间的角落里发现一只口琴。我们从屋子里走到了村口，静夜里飘起了微雨，寒山就在那浓得化不开的夜色里，吹起了一支曲子——《篱笆墙的影子》。四个人，在山路上走得摇摇晃晃，吹得踉踉跄跄，唱得零零乱乱，我则举了一个手机，把吹的唱的声音以及山水间的风声雨声虫鸣声，都录了进去。在这歌声琴声虫声雨声之外，就是一座山，一条江，以及一片刚刚插满了青秧的广阔的稻田。

后来我送了一只口琴给寒山。我第一次知道寒山不仅会种田，而且也那么文艺。当然，一个人的有意思之处就在于，他总是能给人以惊喜，让人不断发现他的好玩之处。寒山不仅会吹口琴，别的什么乐器据说也会来一点，只是我们没有见到过。后来我知道的是，听说寒山在悄悄地练习书法。他从水稻田里拔腿回去，这种劳作之余，在办公桌上铺开一张宣纸来，平心静气地临帖写字。

田种得很好之外，寒山身上，的确又有一种尘世间的脱俗之感，真正是肉也吃得，酒也喝得，俗也能来，雅也能来。所以一群稻友之中，大家渐渐尊他为长，都叫他寒山兄。他写字也谦虚得很，很少晒出来，只是偷偷地练习。"稻亦有道"和"出门即是稻田"几个字，他也只是在稻友群里发过一回，简单的字里充满了禅意；那意思也并不在于他的字写得怎么样，而在于能使人一瞬间想到，他在田间的劳作，然后又从田间回来，片叶不沾身，却已是沾染了一身的稻花香。

2019年7月29日

稻田游戏指南

　　到稻田去的时候，只觉得莫名愉快。一个人带着相机悄悄就去了，趁着太阳还挂在西边矮山头，余晖仍洒向田野——正是好时候，这会儿红蜻蜓在稻田上空密集飞舞，蝉鸣已不再声嘶力竭，小山雀在乌桕树上叫个不停，还有各种各样的飞虫，在稻田上飞来飞去。我纳闷：小飞虫们不知道此时正危机四伏吗？——所有的敌人都在虎视眈眈，青蛙、飞鸟，甚至蜘蛛。

　　我在稻叶丛中蹲下身来，守株待兔，看一只青蛙如何收拾一只青虫，一个蜘蛛如何请君入瓮，还有红蜻蜓为什么飞得这样欢快。童年时候遇见你是

150

在哪一天。

在田间无所事事的时光都成为一种享受。因此我是一个南辕北辙的农民。到了秋天稻谷成熟时，我们家的田并不显现出一派沉甸甸的丰收景象，至少很多人一眼就能看出来，我们家的水稻产量不如邻居令狐家的——令狐家的水稻是杂交品种，一串一串稻穗就像一咕嘟一咕嘟的葡萄；我们家的水稻是常规稻种，此时还伸着执拗的脖子，青筋暴突像个愤青。我算是明白了，底气不足的人容易愤怒，以壮声色。不过老实说，水稻种成这样我也不觉得丢脸，我们少施化肥少用农药，谷粒与虫子飞鸟同享，能有如此收获，吾心甚慰。君不见，我在这片稻田还收获此等悠然自得的美好时光呢。

若以游戏之心来看待劳作，则农事也不再辛劳。

这是我的观点。虽难免失之偏颇，但我亦早就是一介偏颇之夫。

割稻之季，我在群里呼朋唤友，来玩呀，来玩呀！结果，朋友们带着娃，开着车，从四面八方啸聚而至，把我村一条主干道都给堵了。村人没见过这么大阵势，老人颤颤巍巍来问，娃子你家办什么喜事？我说，获稻之喜。

居然真有那么多人，都是奔着"玩"来的——并没有指责我忽悠大家来帮着干农活。现在城市里的人，离自然太远了，偶尔去趟街心公园就觉得亲近了一回大自然。其实大自然离你还很远。在街心公园的两棵树中间仰头，闭眼，深吸一口气，就露出享受的神情——其实不过是狠狠吸进两口汽车尾气。而在我家乡下，那么充足的纯净空气，没有人来吸，十分浪费。我觉得吧，大家即便是来到我的稻田挥汗如雨，那也是值得的，因为你从来没有这样"玩"过——真的，你何尝这样脱了鞋袜，放开束缚，丢掉身段，挥洒自如，参与到一场游戏当中？

一位叫盛龙忠的摄影家，在我们家稻田开了一次摄影展。在一场收割劳作开始之前，他从行囊里掏出冲洗放大的照片，郑重地布展——把照片一张张夹在稻穗上。那些照片是他好几次偷偷到稻田里拍摄所得，从五月到十月，水稻生长，他看见了一片稻田的时光流逝。这样的稻田摄影展，大概是全中国首次吧，或者全宇宙首次——时间如此之短，展览时间不过一个小时，一个小时之后，我们就把展览撤了，然后把水稻撂倒在地；规模如此之小，观者不过五六十人，如果要加上飞鸟与蜘蛛，亦不过百；仪式如此素朴，居然没有领导讲话，只有一位稻田大学校长，括弧我爹，叉腰乐呵呵地笑着说"拍得真好"，因为照片上的人正是他自己呀。

又有一年春天，我们在田里插秧，二三十个孩子，从幼儿园到中学的都有，纷纷坐在田埂上画画。有的孩子画完，就蹦到田间去，泥水飞溅，孩子脚下一滑，一屁股坐在泥水中间。还有一个孩子，当我们把田间的空隙都插满了秧，他还不舍得离去，田间水光映着天光，远处青山空蒙一片，四野宁静，一个孩子站在天地之间，草木飘摇，我觉得他就仿佛是小时候的我了。

水稻收割，多在寒露前后，村人们打板栗、挖番薯、摘南瓜，收获各样的果实。我们在田间收割，第一个人拿着镰刀下田，大家陆续走到田野中间，收割六百株水稻（居然只有六百株，而我们有六十多人）；直到把水稻收割完毕，脱粒，稻草扎成把，人群散去，稻田归于宁静——有一台摄像机从头至尾记录了这一切。这58分钟的收割过程，后来被制作成一部只有15秒钟的动画，命名为 *TIME*（《时间》）。这是一次稻田里的艺术实践，每一个来到田间劳作的人都是这部艺术作品的作者。在这个创作过程中，我们看见时间的流逝，看见春天秧苗青青，雨雾朦胧，秋天水稻金黄，天空高远，再过不久就是冬天，稻田荒凉而寒冷，万物凝止，直到又一个春天来临。时间就是这样周而复始，唯有生命在这里流逝。这样的一次稻田的劳作，使我们想到自己的一生，想到我们的时间是如何虚度，想到爱，想到世间珍贵的事物怎样离我们而去……就这样，一片稻田，以令人忧伤的方式，成为我们生命的一部分。

一位叫钉子的油画家来到稻田，他背着画架和各色颜料，在田埂上创作了一幅作品。一个叫郭玮的北京姑娘来到稻田，低声唱了一首只有她自己能听见的歌谣。一个我已经不记得名字的伦敦女孩来到稻田，以她自己的方式写下几十行诗句。还有一个讲阿拉伯语的人类学博士来到稻田，把我写水稻田的一篇文章翻译成鸟爪一样的文字，传播到他自己的国度……

　　然而，我还是要说，这一切都是游戏。这一片水稻田就是一处游乐场。它并没有多么微言大义的部分。它只负责虫鸣、鸟叫、蜻蜓飞舞、万物生长、冬去春来、周而复始。它向真诚的人敞开怀抱。至于，是不是每个来到稻田的客人，都能看见它最有意义的部分，它沉默不语，亦从不给予提示以及任何保证。

2019年1月22日

路上的科学家

2016年3月的一个春夜，我在中国水稻研究所的海南陵水基地采访。彼时南国已经入春，宿舍窗外就有一片稻田，蛙鸣阵阵涌入室内。一位自称"老南繁"的水稻科学家，跟我聊起昔日的"南繁"往事。

中国水稻研究所1981年开始筹建，1983年成立，在当时是投资5000万元的大项目。之所以选在杭州，是因为相对来说，杭州交通方便——有机场，从杭州到水稻所的富阳基地距离仅35公里；另外，杭州是籼稻与粳稻交界地点，有利于水稻研究。

水稻育种，主要工作是想法子研究出更高产、更抗病、米质更好的品种，推广给农民种植。中国水稻研究所作为国家级科研机构，育种工作一直是研究重点。中嘉早17、中早35、中早39和天优华占，都是非常有名的水稻品种。

1987年，"老南繁"第一次到海南陵水。

所谓"南繁"，育种科学家们再熟悉不过，指的是把夏季作物的育种材料，在冬季拿到南方热带地区繁殖和选育的方法。海南的气候，使得作物可以在冬春季节成熟，这就使得育种科研的速度整整加快一倍。

争取时间，对于育种工作是非常重要的。

海南陵水的水稻基地，当年只有6亩地。那时他们整个课题组6个人，一年的经费只有3万元。"老南繁"每个月的工资是60多元。

2016年，整个水稻所在海南的基地面积超过1000亩了。

搞水稻要到海南去种田，"老南繁"有心理准备。但到底怎么样，他并不知道。至于吃苦，他是农村出来的，不怕。

然而路上的艰辛还是震撼到他了。

从杭州出发，坐火车36小时，到达广州。一张硬座，25块钱——根据国家规定，坐硬座，单位能给12.5元补贴，所以大家都是坐硬座过来。从早上9点多出发，第二天晚上9点多才能到。

研究用的稻穗，是一把一把地放在铁箱子里的。

一般来说，"老南繁"一个人，要提3个铁箱子，总重100多斤。上火车之前，到杭州火车站办托运。到了广州，货比人慢半天，所以必须在广州住一个晚上。住的是招待所，就在火车站附近随便找一间住下，也就10来块钱一个晚上。

次日上午取了行李，从广州火车站赶到广东省汽车站，大概有一公里。箱子实在太多，拿不了，就叫一个三轮车搬运。买下午两三点的汽车票，再往广东的海安镇赶——那里，是与海口隔海相望的地方。

这趟汽车也坐得辛苦。正常是20个小时行程，有时路况不好，或有其他的状况，开30个小时也有可能。

到了海安汽车站，把铁箱子一一卸下，再搬到轮渡码头，坐船。

2小时轮渡，到了海口的新港码头。

码头出来一般有车子，有时没有，那就得去海口汽车站乘车。那时海口非常小，相当于浙江的一个县城吧。花8块钱，买一张汽车票，到陵水县。

到海口汽车站已经是傍晚了。这一趟车，要坐8个小时。到了陵水，就是凌晨一两点。

陵水小城，那时荒凉，半夜里更没有车。那就只好自己想办法了——三四个人带着铁箱子，肩扛手提，在荒郊野外走上一个小时——这才算到基地。

然而，基地的门打开，眼前是苍凉的景象——房子是漏水的，地上还有死老鼠。

南繁基地，科研人员11月中旬过来，第二年4月离开，中间大半年没有人住，也没有人管理，那情形乱成什么样，可以想见。

"老南繁"第一次踏进那道门，是在大半夜，心都凉了——房间里灰尘漫漫，霉味冲天，连自来水都没有，喝水要靠院子里的一口井。

实在太晚了，大家点着蜡烛，把床简单扫扫，赶紧先睡下。

第二天起来，先是掏井，把水弄干净，再把房子打扫一通。有水了，再去街上买米，买煤油——那时已经有煤油炉了，用来煮菜烧饭。

再把随身带来的蔬菜种子，挖地种下。一幢两层小楼前的空地，一畦一畦，都种上了菜。过几天再去买几只鸭苗，养起来。海南岛上海鲜便宜，吃肉很贵。大家吃不起肉，就自力更生，养几只鸡鸭。

这就是水稻科学家们的"南繁"生活。

从1987年以后，"老南繁"每年都会去几趟海南。在国内，但凡搞遗传育种的科研人员，每年都会到海南去。这是一支"南繁"的科学大军，一支相当庞大的队伍。

搞水稻研究，如果是早稻，那么每年三月底播种，七月中下旬收获，种子成熟赶紧收起来，晒干，马上再播种——他们把这个叫作"翻秋"：十月收获后，马上拿到海南岛，再种一季，一年种三季；晚稻或单季稻则是一年种植两季，也都是播种、收获、播种、收获一直循环。

每年水稻抽穗的季节，是水稻育种人员最忙碌的时候。科学家们每年三月初来到海南，四月下旬离开；到了冬天，十二月来到海南，干上半个月再离开。种子收完、晒干，还要带回杭州。"老南繁"那时候年轻，不光管自己的课题组，有时其他课题组同事收获的种子也交给他一并带回。有一次，他一个人就带了400斤种子回去。

4个麻袋，还有2个铁皮箱子——那是一个人的漫漫长路。对于科研工作者来说，那些种子是一年甚至几年劳动的成果，比自己的身家性命还要重要。

从陵水到海口，从海口到海安，从轮渡换三轮车，三轮车换汽车——坐上那种最老式的客车，直奔湛江火车站。到了火车站再办托运。

北上的路程，不能走回头路。那时候火车票难买，"南繁"人员一般都是先往西走——买到广西柳州或南宁的票；或者往广州走，再接着买前往杭州的票。有时还买不到火车的座位票，只能站到湖南的株洲站——最远的一次，从湛江站出来，一连站了32个小时，两条腿都肿成了大萝卜。

而今，在陵水与杭州之间往返，高铁加飞机即可，这与30年前的状况已然是天壤之别。我所认识的几位水稻科学家，早已习惯这样一种"候鸟"式的生活，在海南与杭州之间，年复一年地来回奔波。

"南繁"的历史，已经50多年，成千上万的科学家会在冬春季节驻扎海南，并在那一片南国的热土上辛勤耕耘，孜孜不倦。

"南繁"路上，科学家们来来回回，转眼间岁月就流逝了。当年的小伙子，如今大抵已是两鬓花白。而放眼一望，基地里又多了无数更年轻的面孔。

"南繁"路上那些昔日的记忆，也可以看作科学家们在漫漫求索路上，留下的一个个艰辛足迹吧。

生生不息

　　夏天，中国水稻研究所的副所长钱前，带着几位科学家来到我们的水稻田。在稻友葱花的牵线搭桥下，中国水稻研究所与我们一个小小的五联村，结成了对子。

　　钱前老师自己也是一位水稻科学家。前不久我读到的一篇论文，就是他的团队的研究成果，发在了国际一流的学术刊物上——他们鉴定了一个水稻突变体，这个突变体，跟水稻的花有关——不知道你有没有认真观察过水稻的花？我们都很熟悉一句词，"稻花香里说丰年"，其实每一朵水稻的花，都会结出一粒稻谷。想想看，我们手中的一碗饭里，有多少朵稻花？

一株水稻有多少穗，每穗能结多少粒谷子，每粒谷子重量多少，是考察水稻产量最重要的因素。那么，每个穗上，有多少朵稻花，就决定了每穗能结出多少果实。正常的水稻，每个小穗由两对颖片、一朵可育小花构成。——这些术语，是不是太专业了？好吧，简单说，钱老师的团队，就在那朵小花之外，发现突变体的小穗还能在护颖内发育出另一朵完整的小花，并且，结出了正常的种子。

可以说，这个研究为水稻高产分子设计育种，奠定了基础。

我父亲，虽然几十年都在种着水稻，却并不懂得水稻背后的科学奥秘。他也不知道，有那么多顶尖的科学家，都在为着一口粮食孜孜不倦地工作。专门从事水稻育种研究的沈希宏，那次也一起来到稻田。他不仅把自己研究出来的新品种，放进我们的三亩水田试种，还捐了一些有关水稻的书——五联村的"稻田图书室"，就是由中国水稻研究所捐助的，以与水稻文化相关的主题图书为主。为了捐建这个图书室，所里还专门发了通知，让科学家们热情捐书呢。

村干部说，我们五联村，就是想朝着水稻文化村的路子走。村里建起了一座水稻文化展览馆，袁隆平先生还为展馆题了字："耕读传家"。以后，稻田也要变成风景，让我们的村庄变得更美；还要让水稻，变成我们村民的主要产业。

说到水稻产业，话题就更多了，也聊到了种子。大家都说，水稻产业的提升，首要在于一粒好种子。现在农民种得多的杂交水稻，无法自己留种子，育种工作都交给种业公司。中国大地上，原本有各种各样的地方小品种、土品种水稻，因为产量不高，现在都没人种，逐渐地消失了。

去年的《科技日报》有过一篇报道，来自"第三次全国农作物种质资源普查与收集行动"的调查数据显示，目前我国地方品种和主要作物野生近缘种丧失速度惊人，在湖北、湖南、广西、重庆、江苏、广东6省375个县，主要粮食作物地方品种的数目，

1956年为11590个，2014年仅剩3271个，主要粮食作物地方品种数目丧失比例高达约71.8%。

真是这样，我们以前，都有各种各样的土品种。比如说黄瓜，外皮也真是黄的，咬一口，味道十分浓郁。辣椒也是，虽然个子不大，吃起来不仅辣，而且很鲜美。还有桃子、李子，也是土品种，现在都不见了。如今，黄瓜、辣椒，都是每年春天进城买的小苗回来移栽，黄瓜都成了青色的；辣椒个子虽大，味道却很平淡；桃子李子，也都是嫁接过的新品种。水稻，更是如此，听大人说，从前还有什么红米、黄米，都是一代代自家留种，流传下来，现在肯定已经找不到了。

现在唯有一种糯米，依然还是我们自家留种的。这个糯米，适宜本地人口味，端午用来裹粽子，冬至用来打麻糍，立夏拌上蚕豆，用来焖糯米饭吃，都很好吃。但因为每家每户种的面积不多，都自行留取一点种子。每年深秋，糯稻成熟时，挑长势最好、谷穗最沉的几蔸稻禾，从半截处用镰刀割下，扎成一把，挂在屋檐下竹竿上晾干。第二年再播种下去。一年一年，光阴流转，这些糯稻种子，真不知道是从哪一代的祖宗手中流传下来的。爷爷的爷爷的爷爷，大约也是吃着这些谷子，种着这些稻秧，子传子，再传孙，生生不息，这样绵延不断地传承下来。

听了父亲说的，钱老师和几位科学家都大感兴趣，说这个太难得了。这是最朴素的良种选育之法，也是农民的智慧。他们让我父亲赶紧舀出小半碗糯谷出来，看看粒型，看看米粒，还说要带回研究所，作为宝贵的种质资源留存起来。

钱老师他们走了，我重新回到田埂上，看着眼前的稻田，越发觉得亲切。不知，这片小小的土地，有多少祖先曾从这里走过？

2019年2月17日

山醒了，鸟醒了，你也醒了

　　到湍口的醒山书院，去做读书分享会。讲什么呢，就从我在做的两件事说起——"从稻田到出版"。当天呼啦啦到了二三十位，多数是附近民宿的主人，也有从市区赶过来的文艺爱好者，大家围坐在一张大长桌四面，饮茶，谈天，各抒己见，氛围渐渐热烈起来。

　　我没想到书院所在的村庄，是在那样的田野深处。车子在乡野之间穿行，很是有一点京都郊外农村的恬静之感。一路穿过田野，穿过小桥，峰回路转，水随山转。终于在一幢后面是连绵青山竹林的地方停下来，那是别致的江南的建筑，两边也都是稻田，田里有青秧，也有玉米，有番薯，也有南瓜藤。南瓜藤在野草之间攀爬，桃树李树都结出了果实，正走在成熟的路上。这就是醒山书院，在山边上、水边上、田野之间，与大自然是这样的亲密无间。

而这恰是我喜欢的部分。民宿的美，很大一部分是来自大自然的：来自水流哗啦哗啦彻夜不息的声响；来自风过林梢时起时伏的乐音；来自鸟群一忽儿飞过窗前，一忽儿又飞过窗前的不确定性；也来自四时的花香，不管是紫云英，还是栀子花，或是杭白菊在门前山坡上开放时若有若无地递过来的馨香。就算是一次阵雨，那么凶猛地落下，雨雾一阵一阵地袭过田野，令草木飘摇不已，都是美好的风景。这是乡野里的民宿美好的一部分。如果失去它，民宿之美，失之过半。

醒山书院最大的特点，还在于它有那么多的书——令人马上想到，这是一家有故事的书院。我后来才听说，中山大学有一位教授，是当地人的女婿，当初就是想回到山里开一家民宿。开什么样的民宿呢？说是，有书香味的民宿。这是让人忍不住要为他暗暗叫一声好的。一走进书院，就会觉得内心一静。眼前，有可以仰望的书壁，所以这里也可以叫作藏书楼，那么多的书，安之若素地栖息在合适的地方。

有了书的民宿，就拥有了一种静气。譬如你在民宿的房间里，看见一架书，一架书里有好些本书是你熟悉的作者所写，有的书你还读过，甚至陪伴过你好些个夜晚，于是，一下子就觉得心安，觉得妥帖，觉得这空间是你和你的那些书中的朋友们所共有的了。仿佛这是一个可以诗意栖居的、拥有自己记忆的空间——我是说"空间"，而不单是指"房间"。很奇妙的是，这种似曾相识的"空间"之感，居然只是由几本书简简单单营造出来的。然而，就是这么奇妙，读过其中几本书的人，与没有读过其中任何一本的人，对于这座民宿，甚至这个空间，会有完全不同的感受；喜欢读书的人，与不喜欢读书的人，对于这座民宿，甚至这个空间，也会有完全不同的感受。

毫无疑问，醒山书院是那种可以让读书人产生似曾相识、恍若自家之感的地方。当然，我认为这样的效果，完全取决于民宿的主人——正是主人的理念与志趣，决定了醒山书院要成为文化的传播者。醒山书院举办读书沙龙、公益讲座，还招募志愿者一起投身乡村振兴。前不久，我还看到醒山书院在招募一位图书管理员。要求是什么呢？大方热情，有养花莳草、看书写作、琴棋书画茶等其中的某种爱好。在客房宽裕的情况下，这里还为图书管理员提供客房，而工作只是，在这里理理书，读读书，泡泡茶，插插花。这是不是世上最美好的工作之一？我觉得，这样的图书管理员，在这里做着这些事，是可以成为一位乡间美学家的，我几乎可以确信。她每天清晨起来，开门见山，山醒了，鸟也醒了，屋外是一个活泼泼的世界；她又见白雾在山上飘浮，心如雾气来去；站定在田野之间，呼吸，吐纳，吸的都是自然之清气；然后开始一天的劳作，读书理书，泡茶插花，甚至可以写写文章，画画，绣绣女工，日复一日，如同修行。会修出什么样的结果来呢？我觉得是可以拭目以待的。

当然，醒山书院还有一个更大的特色，是它有一支公益的乡村支教队。比如说，儿童节的时候，他们到清凉峰的颊口小学去，唱歌，做游戏，与孩子们一起欢度节日。这个支教队总共有97位支教志愿者，他们来自全国各地，有青岛、珠海、深圳、上海的，也有浙江各地的，最远的是来自美国加州的。他们各个学科的都有，除了正常的课业老师，还有心理、自我管理、自然教育、趣味学习、茶文化、烘焙、亲子教育等方面的老师。他们走进一座座小学、中学，跟孩子们交流，把一颗颗文化的种子，播进乡村孩子们的心中。

那天，我们共同拥有了一个美好而短暂的下午，以及美妙的黄昏，以及一小段迷人的夜晚。这样的时光看起来简单，其实不可多得，也让我印象深刻。我想，是可以在这里小小地住几天的。我想，再过段时间，等我的"稻之谷"造好了，也应该是这样有一些书、有一些茶、有一些朋友的地方。朋友们来了，白天下田劳作，晚上就在这里住下，喝酒，读诗，许多美好的事情，自己就来找你了；而你，说不定便生出一丝欢喜，一丝留恋，便以为这是你的山，你的田，你的家了。

2019年6月25日0:33成稿，7月15日修改

做三四月的事

上周六，在广州购书中心做了一场关于新书《草木光阴》的读书分享会，题目是《土地之上的生活之美》。在正式开始之前，我讲了两件事。

第一件，是头一天即4月12日上了网络热搜的，"霍启刚郭晶晶带着孩子，在香港二澳村插秧"。

霍启刚郭晶晶这么一家，居然会带着孩子下田插秧？就有"杠精"说，他们是衣食无忧啦，他们去插秧那是体验生活，会一样吗？

且看霍启刚发微博怎么说：

"锄禾日当午，汗滴禾下土。谁知盘中餐，粒粒皆辛苦。每天都跟孩子念，但是真的知道背后的意义吗？刚刚过了一个非常有意思的周末，跟老婆孩子一起去香港二澳村，体验插秧，领悟农民伯伯的辛苦。现在的孩子们成长在幸福的时代，没饿过肚子，挑食和浪费变成了习惯，他们更需要知道食物从哪儿来，学会珍惜，学会知足!"

第二件，是前段时间的事了：杭州某深夜有一位逆行小哥，半夜回去给女朋友送钥匙，被交警拦下之后情绪崩溃，大哭一场。

没有在深夜痛哭过的人，不足以语人生。

这样两件事，有什么联系吗？——还真有。

自2014年春天，我一拍脑门发起"父亲的水稻田"第一季劳作开始，至今已是第6年，真的是一眨眼的事。若问期间最大的收获是什么，我想，每一位参与者，都有自己的答案。

每一位下田的孩子，在稻田里懂得了水稻的生长、粮食的由来，也感受到了劳作的艰辛、汗水的价值。每一位成年人，在稻田里懂得了缓慢的价值、时间的意义。

诗人许志华说："总有人要在现实的世界和消失的世界以及未来的世界之外，造一个可以寄托灵魂的乌托邦。总要在雾霾之外，找一个可以自由呼吸的所在。"

我的感受是——与土地发生联结之后，我们懂得了慢下脚步，去感受生命的气息。

现在的人，为什么在城市会觉得压力太大？为什么大家会说成年人的世界"没有人是容易的"？

在之前某一期的专栏里，我写到过一位在中国大理种田的日本人，六。六说："只要甘愿承受日复一日的体力劳作，就可以自给自足地支撑起五口人的日常生计，过喜欢的生活。"大家一听，会觉得惊讶，种田也称得上"喜欢的生活"？

是的，我想，"父亲的水稻田"——这片至今依然只有三亩多的水稻田，几年下来，给我带来的最大的变化是思维方式的改变。

它是一种对生活的提醒。每一次下田劳作，都成为一个契机，让我停下脚步，想一想来时的路，想一想要去的方向。

我们曾说："做三四月的事，到十月自有答案。"

我们也曾说过："在田间，聆听时间从指间缓慢流淌而过的声音。"

对每一株水稻来说，最重要的是时间。

对每一个人来说，同样如此。

因此，我会说：心怀热爱，日复一日的劳作，才是美好生活的本义。

2019年4月14日

珍贵的稻田

　　霍启刚郭晶晶带着孩子下田插秧，使远在千里之外的我，知道香港还有个二澳村。这很是令人惊讶，印象中的香港寸土寸金，居然还有闲散土地用来耕种水稻？

　　问了香港的朋友，才知道二澳村，真有一片整个香港都极罕见的稻田。这个二澳村，原称"义澳"，地处大屿山，从大澳坐船，六七分钟即可到达。二澳有新旧二村，有三百多年历史。由于地方偏远，此地村民多以农作、渔业为生，随着香港城市的发展与兴盛，多数人都迁往市区居住，香港很少见的良田就此荒废多年。

二澳村的故事，与我家乡五联村大抵相似——随着香港经济的起飞，工商企业对工人需求大增，进城打工除了有实际的经济收益，还是一件挺有面子的事，谁还愿意留守大地？就像我的家乡一样，近二三十年来，农民绝大多数都离开了土地，前往城市谋食，许多村庄都成了空心村。

然而，二澳的农地荒废了几十年后，突然从城市来了一个人，跟二澳村村委会主任和村民洽谈农地的复耕。那是2013年的事——由二澳村村委会主任与商人黄永根合作成立二澳农作社，利用10亩水稻田，开始了复耕计划，发展有机稻作，同时在土地上种植香草、甜菜根等作物，又联合在地农民推出一系列手作农产品，让香港也可以生产出拥有自己品牌的农作物。

于是我也好奇，不知道二澳的大米要卖多少钱一斤？

不问则已，一问又令我大跌眼镜。朋友说，二澳出产的大米以500克为一个包装，近几年的售价都是每包58元港币，差不多是人民币50元。

黄永根想得其实还要更长远，他说："稻田复耕只是第一步，终极目标是，保护好二澳村的生态环境，让更多的村民回到故土，同时让大家相信，回归家乡，做点小生意，都可以维持生计。"

今天的二澳村，早已成为香港人愿意在空闲时间去玩的"打卡地"——二澳推出了许多适应城市中人的休闲设施与活动，比如半日农耕体验、二澳扎染手作、田宿野炊与复耕基地等。同时，还对外销售大米等食材。他们相信，都市里的人一定需要像二澳村这样的自然与土地。而二澳村，也会因此更好地发展起本土的农业及在地耕作。

朋友说，在高度城市化的香港，居然还能保留二澳村这样一块静谧之地，是相当珍贵的。而这片土地的价值，是那些高楼大厦永远取代不了的。

想想看，如果没有二澳的那片水稻田，霍启刚能带着孩子去哪里插秧呢？

我想起我们发起的"父亲的水稻田"，几年来，有那么多城市的大人与孩子一起，驱车来到稻田，脱去鞋袜，下田插秧劳作，此间快乐，绝非每日埋头于电脑屏幕前的人所能体会。土地的节奏与气息不急不躁，农作物跟随四时光阴运行，不会早一步，也不会晚一步，水稻会在该发芽的时候发芽，又会在该成熟的时候成熟。这样的节奏与自然的启示，对于无数"996"的年轻人来说，无异于一种解压，也是一种自然的疗愈。

每年，都有很多城市人来到我们的水稻田，他们在田野间走一走，在村道上看看花、识识草，也能获得许多能量。我相信土地对于城市人的价值，会跟城市的银行一样重要，一样必不可少——然而，今天的许多人还不能够体会这一点。

这又让我想起中国台湾地区的池上村。池上坐落于花东纵谷的南部，因早期的部落聚居于大坡池的上方而得名。此地山脉相隔，纵谷是台湾交通最不方便的地方，也正因此，池上这个只有6000位居民的小村庄，才一直保留了传统的农业经济状态。

2010年，台湾知名画家、诗人、作家蒋勋因为急性心肌梗死动了手术。经历了那场生死边缘的劫难后，他突然发现，是不是应该换一个环境，为自己的身体节奏做点调整？

于是，机缘巧合，蒋勋便住到了池上。在那里，他每天早上走一万步，傍晚走一万步，调养生息，一年半下来，用手机拍摄了六七千张照片，随时随地记录池上那片土地的四季更迭与节气变换。后来，蒋勋据此出了一本书《池上日记》，记载了他在池上居住、创作的所想、所得。

这本书，就搁在我的书桌上，我经常翻阅。蒋勋说："过去，文明跟自然之间是有沟通和对话的，但工业革命以后，我们的身体跟自然被一个无形的东西隔开了。在都市里，我们几乎丧失了对晨昏的感觉，开灯就是早晨，关灯就是晚上。"

"自古以来，农业民族都十分讲究自然秩序，节气变换。比如说中国古代是用五行来算季节的，我们身体里好像有一个小的宇宙是和大自然对应的。"

来到池上后，蒋勋便顺应天地的规律生活起居，身体也日渐康复，在这样的休养生息之中，他也获得了更多的领悟。他说："原来身体也有日历，身体也需要找回自然的秩序。"

当我在"稻友会"社群里，分享了二澳、池上两个地方的故事之后，许多稻友就问我，稻长，什么时候一起去二澳和池上走一走呢？我想，这并没有多难；难的是，我的家乡浙西常山县的五联村，有没有可能，有一天也变得跟二澳、池上一样美好？

2019年4月20日

总有些事留给笨拙的人

这是一个遍地英雄的时代。

在城市，不管你在电梯里还是在饭局中，都能听到人们口若悬河，说着上市、融资的事，隔三岔五又有新的 APP 和新的思维领一时风潮。人们在想的不再是 1+1=2 的事，而是 1+1=100 的事。这些事当然都很重要，都令人敬佩不已。这些事都是聪明人做的。我想，依然还是有些事，是留给笨拙的人做的，比如编竹篮、刺绣、下田，以及别的一些什么。

有一位日本籍中国大妈的事迹，前几天在我们的朋友圈里流传。她靠在机场里打扫卫生，被评为日本"国家级匠人"。她的工作地，就是占地总面积达408万平方米的东京羽田机场。她的父亲是二战遗孤，是日本人，母亲则是中国人。她17岁时，举家迁往日本生活，那时她一句日语都不会说，只好选择了门槛较低的清扫行业。

搞卫生，成了她一辈子的工作。可是，就算是这样，她仍凭借自己的努力，取得"日本国家建筑物清扫技能士"的资格证书。她可以对80多种清洁剂的使用方法倒背如流，也能快速分析污渍产生的原因和成分。她上了电视，成了明星，也出席演讲会，甚至还出了书。有人专程跑到机场对她说："您辛苦了。"

但是，这个国宝级的清洁工，并不觉得自己有多么了不起。她说："我只是把这里当成自己的家，所以要好好招待客人，用尽心思……"

这个人，叫新津春子。

还有一个人，40多年前，国家让他编纂一部"阿富汗语词典"。那是20世纪70年代，为了提升中国在联合国教科文组织的影响力，国务院召开全国辞书工作会议，决定花10年时间出版160种中外语词典，其中就包括"阿富汗语词典"。

那是一件非常光荣的任务。当时还在北京广播学院外语系工作的他，毫不犹豫地接受了这项任务。3年后，他和他的助手，整理出了10万张卡片，他们把卡片放在木制的卡片箱里，塞进文件柜，足足装了30多箱。

然而接下来就是不断的工作变动，他的命运都不由自己支配。后来时间长了，国家也忘记了这项任务。又过了许多年，领导都已经更换了好几批，再没有人听他的汇报，也没有人给他安排新的工作。他完全被遗忘了。当年做好的卡片档案，毁损的毁损，缺失的缺失。

直到2008年，不再教书、完全有了闲暇时间、已经72岁的他，叫上原来的大学同学一起，重新开始编写这部词典。又过了4年，他们把这部词典完成了。

这故事，说平淡，还真不平淡。说一般，听起来却有惊心魂魄的力量。

这个人，叫车洪才。

还有一个人，种了一辈子田。为了让子女不用再种田，他教导孩子们要从小努力读书，考上好学校。孩子们长大了，终于一个个成了城里人，有了工作，再也不用风吹日晒挥汗如雨。现在他年纪大了，依然在稻田里劳作。

种田，除了供应自家口粮之外，确实挣不了钱。于是，很多农民为了挣钱，不得不在种田之外，出去打工。越来越多的村民离开了土地，进城去搬砖、挑沙，去工厂从事他们并不擅长的工作。只有他，依然固执地守着稻田，守着春去秋来，春耕秋收。

这个人，是我父亲。

那时我回到村庄，与父亲一起耕种一片小小的水稻田。我们用传统的耕作办法，种那片水稻田，让城市的人来到稻田，和我们一起插秧，一起收割。为了记录这整个过程，我写了一本书，《下田：写给城市的稻米书》。这本书，是献给村庄、土地的，也是献给父亲的。

大概写字这种活儿，在旁人眼里，也真是一种不可思议的劳动——尤其是在这个年代。几年下来，我居然还在为水稻田写作，除了《下田》那本书，还写了《草木滋味》《草木光阴》，接下来也还会有新的书出来。有时候我觉得，码字跟种田，真是没有太大不同，都是面对大片的荒芜与空白，耐心地一棵一棵地种下去，经历漫长的重复的劳作，然后一粒一粒地收回来。

不过想想，很多手工活儿也都是如此，都是最笨拙的劳动。一个绣娘可能要花两三年时间才能绣完一件作品。一个篾匠终其一生可能也做不了一万个竹篮。一个农民，一辈子又能插多少秧？这些笨拙的劳动者，最可惜的，不是他们做不了多大的事，而是即便一辈子都在做这件事，却仍然被时代所抛弃。

时代像列火车跑得太快，笨拙的人跑丢了鞋，仍然赶不上它。

每一次回到水稻田，我站在水稻们中间的时候，内心都很踏实，也很宁静。尽管眼前的水稻被大水淹，被日头晒，被虫子吃，也遇到病害，但是一季一季，水稻们都会义无反顾地走向成熟。我一次次来到水稻田，就一次次地想起那些为数不多的、还留在田里耕作的农民，我觉得或许他们才是对的。

是的，这世上总有些事，是留给笨拙的人的。如同水稻的生长，缓慢却执拗。

2015年9月4日初写，2019年5月26日修改

过喜欢的生活

　　种田之后，居然认识了许多"奇怪"的人。比如沈博士，比如岜农，比如六。共同点是，他们都种水稻；所不同的是，各有各的种法。

　　六是个日本人，定居在云南大理，在那里生活了六年。六用自然农法，耕种着两亩水田和八分菜地，全家人的吃穿用度，基本依靠手工生产。"只要甘愿承受日复一日的体力劳作，就可以自给自足地支撑起五口人的日常生计，过喜欢的生活。"

　　"过喜欢的生活"，是很小清新的表述。这样的表述，出现在文艺作品中时常显得虚幻和无力。人家会问，喜欢，喜欢就能吃饱饭吗？中国人最担心的事，多少年来都没有变，就是能不能吃饱饭——尽管生活早已今非昔比，然内心的恐惧，似乎从未消失。

六在大理种田，收割的时候，他用老家千叶的方法，把收割过后的稻子晾晒起来——把几根木桩砸进土里，支起晒稻的架子，将稻束倒挂上去，接受日光的拥抱。

"稻米很容易生长，比蔬菜要强壮。米是我们最基本的食物，它一定是很厉害的。种稻很容易……日本人说稻米能听到人的脚步声。每天去稻田里，稻米听到我们的声音会长得更好。平时除了引水灌溉，如果没有其他工作，我就去稻田里看看它们，跟它们说话。"

六是把每一天都过成生活的，而不是"工作"。石头有声音，木头有声音，火焰有声音，太阳洒下来也有声音，六能听见这些声音。

六在田地里干活的时候，很多朋友会跑去帮忙。他们在田里收麦、种稻，六从田边溪水里拿出早已冰镇好的啤酒，大家坐在田埂上听着音乐，吃吃喝喝，像过节一样。

"每年两季的耕种和收割让人向往，平时大家都不知道藏在哪里，一起种稻和收稻是难得的相聚时光。"他享受这些日子——他自己酿酒、做味噌、与朋友相聚，"每当风味特别的米酒酿成，六便会邀请朋友：来喝我酿的酒，这是钱也买不到的味道"。朋友间相互赠予的生活让六感觉富足，这是他想要的"对话"。

农民最幸福的时候就是收获——把最好的果实选出来，留下种子。第二年种子长大，农民会更开心。"在真正的农民眼里，农业不是种了、收割了，一次性弄完的事情，而是延续、循环，永远都有的。当农民是很辛苦的，有时候不好玩。可如果自己留种子，农民就会觉得很有趣，幸福感多一些。"

后来，六出了一本书，讲述自己的生活。我读着这一本书，觉得六是一位真正的生活者。在六看来，人和他人、人和世界的"对话"，微妙而重要。他热爱劳动，喜欢亲手完成一件事，就是相信制作者的心念能灌注其中。有这样的心念注入，生活也便也有了生机与妙趣。

而这样的生机与妙趣，又有多少人真正懂得？

这个年头，我们身边的年轻人都在干什么？涌到大城市去，向着造富神话顶礼膜拜，朝着未知的目标奔跑，一心想要站到什么风口上飞起来，成为人生的大赢家……想想看，我们今天推崇的所谓"成功"，不都是这样的吗？

不知道从什么时候开始，人们对于生活的理解越来越狭隘，譬如就无法想象，何以"日复一日的体力劳作"也可以称得上"喜欢的生活"；譬如也无法懂得，清贫的日子也可以很满足，内心可以很自在，而这种满足与自在，是应该作为人生很重要的东西去追求的。

我们现在追求的东西很多，例如你就经常可以听到有人把"财务自由"挂在嘴上。财务自由，在很多人看来，就是挣够了一大笔足够花的钱，此后，人生再也不用付出，再也不用劳动，想做什么就做什么，彻底实现"自由"。

然而，很少有人认真去想一想——世上真的有这样的"自由"吗？

有这种一劳永逸式的"成功"吗？

没有的。

人生是一条长路，而非毕其功于一役也。生之不息，活之不止。活即是路上的行走，活就是劳作与收获，是路过的风景，而非目的地。

世界每天都在变，但生活的快乐、劳动的价值、生存的意义却从未变过，无非是，生命中最质朴、最本真的那部分。

譬如爱。

譬如汗水与收获。

譬如内心的无拘无束、自由自在。

感谢稻田，让我可以遇见各种人生。放在从前，说不定我也会觉得辞职去种田的人很"傻"，可不知不觉，我居然也成为其中之一。于是，我再看那些"奇怪"的人时，也觉得十分可爱了。

也感谢稻田，让我能坐在田埂上，想到这样一些问题。能让我在安静的插秧与收获的时候，心中响起一支悠远的歌。

2019年3月1日

为大地喝彩

老曾大肚圆脸光头，浑身都是喜福之相，他托一个酒壶，站在金黄的稻田里，亮开喉咙喊："福——也——"

这一声中气真足，在天地之间响起，震得空气嗡嗡作响，震得稻穗颤颤巍巍。

这是秋天，水稻成熟，开镰在即。为了让外地来的朋友领略一下"喝彩歌谣"的魅力，我特意把老曾请到了稻田中间。老曾，曾令兵，国家级非物质文化遗产"常山喝彩歌谣"的传承人。喝彩歌谣是什么？简单说，是流传在常山大地的一种古老的口头文学样式，也是一种民俗文化。以前人遇上结婚、上梁、祝寿之类的喜事，都有这一种习俗参与其中，而喝彩师傅，一般通过父子、师徒间口授心传。最常见的喝彩，是民间上梁，其历史可以追溯至明万历年间，我国仅存的一部民间木工营造专著《鲁班经匠家镜》——"匠家镜"，营造房屋和生活家具的指南——就专门提到了"立木上梁仪式"：

"凡造作立木上梁，候吉日良辰，可立一香案于中亭，设安普庵仙师香火，备列五色线、香花、灯烛、三牲、果酒供养之仪，匠师拜请三界地主、五方宅神、鲁班三郎、十极高真，其匠人秤丈竿、黑斗、曲尺，系放香桌米桶上，并巡官罗金安顿，照官符、三煞凶神，打退神杀，居住者永远吉昌也。"

这是上梁，那么生日祝寿、结婚大喜，也是要请喝彩师傅亮一亮嗓子的。喝彩师傅那么一亮嗓子，众人齐声应和"好啊"，声声高亢，此起彼"和"。这种喝彩的习俗里，彩词都是吉祥如意的佳辞，东家得个欢喜，众人得个彩头，之所以能一代一代，数百年来生生不息流传，实在是体现了老百姓心中对于美好生活的向往（譬如说，老曾口中的"福也"，在书上也常写作"伏以"，而民间常作"福也"，也并不错）。

老曾是喝彩可以追溯、流传有序、有名有姓的第六代传承人。他个头一米八，体重一百八，心宽体胖，一笑就是弥勒之相。他以前热衷于收藏小人书，二十年间收藏了四万多册，为了给这些藏品安一个家，他还造了一个"半典阁"。初中毕业时，他跟随父亲学木匠手艺，经常听到父亲的上梁喝彩声。那时农村造房上梁，都要有人喝彩，喝彩声一起，那多热闹——曾令兵就记得父亲每回上梁喝彩：

"开地开场，日月同光；今日黄道，鲁班上梁——"

耳濡目染之间，曾令兵也学会了喝彩。到他二十一岁时，父亲把自己多年积累手抄的喝彩词本，郑重地传给了他。曾令兵如获至宝，一有空就琢磨、整理，增添了许多有时代特色的词句，使得彩词内容更为生动鲜活，生机勃勃。

好了，闲话少说，但见老曾立于稻田之间，丰收的稻浪在他面前摇摆，他大手一挥，连喝三声："福也——"

众人应和："好啊——"

这一嗓子的吆喝，是喝彩的"起"，喝彩师傅要把这一声彩头传递给稻谷、麻雀、山川溪流，传递给高处的神明，传递给所有辛苦劳作一年的农人。

接下来，一连串的词语，是一首献给土地、献给粮食的，最朴素的赞美诗：

稻谷两头尖，

天天在嘴边，

粒粒吞下肚，

抵过活神仙……

这些词句，是老曾自己整理和编写的。他每高喝一句，众人都会齐声应和一句"好啊——"。这洪亮的声音，齐整整地绽放在田野，也响彻天地之间，令人回肠荡气。在老曾几十年、无数次的喝彩经历里，这样为稻禾收获所作的喝彩倒是第一次，但对他来说，面向低沉稻穗的喝彩，跟面向乡里乡亲的喝彩一样素朴，一样动情。老曾继续喝道："福也——"

"好啊——"

"正月灯，二月筝，三月蛤蟆叽嘎叫，四月放牛孩子扮鬼叫，当月平平过；五月有麦磨，六月吃吃苦，七月撑断肚，八月砍砍柴，九月打打牌，十月算一算，十一月有戏看，日子过得好像吃了蜜一样……"

这是常山本地流传的"十二月谣"，我在本地文史资料中查阅到，当然四乡八里之间版本略有不同，我在《一饭一世界》里记录过："正月陪陪客，二月铲铲麦，三月平平过，四月苦一苦，五月拉麦馃，六月饿腹肚，七月出新谷，八月有戏瞅……"（见1989年5月编《常山县风俗志》）

老曾一口气把十二月谣诵完，众人齐声叫好。然后他一仰脖，纵饮壶中美酒。恢宏的气场，精彩的喝彩词，激起稻友们的热烈掌声。田野之间，一派喜庆祥和。其实，这样的丰收喝彩场景，在常山的田野里也是第一次，既是对于水稻文化的传播，也是对于喝彩这一优秀传统民俗文化的传播。三四十位稻友，还有那些在稻田里像风一样奔跑嬉戏的孩子们，这会儿齐齐站在沉甸甸的稻穗前留影，所有人脸上挂着笑。这会儿，大家一起领受了土地赐予的美好。

2020年1月，"稻之谷"建筑落成，我又想到请老曾来喝彩。建"稻之谷"的想法，缘起于2014年"父亲的水稻田"活动。自回老家种田始，一雨一晴春，一种一收秋，不知不觉几年过去，这一文创活动的内涵，早已超越最初的想法。它是当下的我们，对于理想生活方式的探寻。而"稻之谷"作为建筑作品，既是物理意义上的承载空间，也是精神意义上的构建空间。

这些年来，我们与稻友们一起，既在大地上耕种劳作，也在纸上用文字创作，种了粮食，也出了不少书。我曾不完全统计过，稻友们除了出版了四部合著《每一个简静的日子都是良辰》《这是我想过的日子》《各自去修行》《唯食物可慰藉》，还有不少都出版了自己的书，如许丽虹、梁慧著《吉光片羽:〈红楼梦〉中的珠玉之美》《古珠之美》，禾子著《借个院子过生活》，何婉玲著《山野的日常》，何越峰著《不器:我只是个生活家》，章衣萍著《水下三千米》，郑国芬著《四时花朵作陪》，沈春儿著《好日子，菜花螺蛳过老酒》，韩月牙著《一切幸福，不过恰好》，肖于著《都是好时光》，宛小诺著《高黎贡山下雪了吗》……不统计不知道，一统计确实也很壮观了!

当然，除了文学样式，"稻之谷"还收藏其他各个艺术门类的作品，譬如"稻之谷"建筑本身，由中国美术学院（后简称"国美"）出身的著名青年建筑师赵统光先生担纲设计，取法自然，融合传统与现代，数易其稿而完成。这样一座现代建筑，融合了中国传统的天井与谷仓概念，注重人与空间、自然三者之间和谐流动的关系。建筑与天空、丛林、山野你中有我，我中有你，生活在建筑中，亦是生活在天地自然之间。

"稻之谷"的内装设计，则由同样出身"国美"的青年设计师龚孜蔚先生担纲，施工则由常山半典阁团队完成。空间本身，即是作品，可参泉壑，可悟山林。"稻之谷"又收藏了众多大咖书画作品，包括吴红霞的美术作品《盛年》系列，叙利亚诗人阿多尼斯的作品《一朵云》。阿多尼斯曾说："一切都是诗歌，画和诗的区别不过是所用的材料。"而在我看来，一切也都是写作，种田、画画、看云都是；插秧割稻，俯身起身，亦是在表达个体与这个世界的关系。

　　现在，老曾的喝彩歌谣，也成为"稻之谷"记忆的一部分。它是声音的艺术，也是在地民众的文化艺术。老曾喝彩道：

　　福也——

　　天地开张，日吉时良。

　　我问此梁生在何处？长在何方？

　　生在昆仑山上，长在卧龙山冈。

　　大树长了数千年如对，

小树长了数千年成双。

八洞神仙从此过，

眼观此木深丈长。

特请东家做主梁，

有请鲁班下天堂。

此梁此梁，不同寻常；

栋梁上屋，稳稳当当。

红星高照，金碧辉煌；

合家吉庆，人丁兴旺……

一声"福也"，一声"好啊"，回荡在"稻之谷"，也回荡在山野之间。老曾身着传统服装，手拿五尺杆，彩词滔滔，雄风浩荡，赢得满堂喝彩。

仪式结束后，老曾又把木匠的吉祥之物"五尺杆"赠送与我。这一件传统工匠文化的象征器物，也将被"稻之谷"长久收藏。

2020年2月3日

卷　四

桃　花　酒

你好，春牛

　　立春那天，早早起床，准备和孩子们一起接春。立春这个日子，在古人那里是很隆重的，不亚于春节。我们既是种田人，也应认真对待才是。

　　我老家，浙西衢州的常山县，放在从前，算是僻远之地。邻县柯城，有一个地方叫九华乡妙源村，此村历史文化底蕴深厚，有一座梧桐祖殿，是全国唯一供奉春神句芒的神庙。作为国家非物质文化遗产项目，每年的立春日，村里都要开展"立春祭"。2016年，中国的"二十四节气"成了"世界非遗"，妙源这个小小的村庄，自然也愈加声名远扬。

　　我在衢州做记者的时候，妙源尚不为人所知，梧桐祖殿也不过是一座普通的小庙而已。小地方颇有几位学养深厚的文化人，也许是一次无意的探寻，看出小庙的不一般；也许是许多个夜晚的埋头研究，终于从古书堆里爬梳出了一个轮廓，供奉"春神"的梧桐祖殿，终于从历史的烟尘里浮现出来。记得小村初次重新组织"立春祭"仪式，也是十几年前的事情了吧——村民们在田野中间摆开场地，牵来一头水牛，给牛披上红绸，牛头结着大花；一位老农一手牵绳，一手扶犁，鞭子一挥，水牛稳稳迈步；此时犁尾稍提，犁头扎入土地，水牛就牵引着木犁翻开了春天这本书的第一个页面。

新鲜的泥土摊开来，都是春天的气息。

我候在犁头前面按下快门，用相机记录下了春牛奋进、泥土翻转的瞬间，照片第二天登在了报纸的头版；不久我又写了一篇散文，登在了某张大报上。可惜，之后十几年间，我离职、搬家，又换城市，像一只候鸟，在城市与乡村之间奔波，许多文图资料都找不回来了。

又一年立春，是与稻友们一起，到杭州富阳的桐洲岛参加迎接立春的活动。春寒料峭中，大家开着车子，陆续抵达钱塘江中的一座大岛。很多孩子早早就到了，穿着喜庆的衣服，手持节气的灯笼，吟诵祭词。不多时，一位老农牵着一头牛来到草地上，牛背上披着福袋，里头装着万年青和几百份种子。最有特色的环节，是老农吟唱鞭春牛的颂词："一鞭春牛，三姑把蚕苍天佑""二鞭春牛，春回大地万象新""三鞭春牛，迎春接福三阳泰"……每唱一句，众人都应和一声"好啊"，嘉宾代表则持柳条，轻轻地打在耕牛身上，祈求风调雨顺。随后，嘉宾们把福袋里的种子一一抛洒出来，几乎每个人都得到了一小包种子，有的是五谷种子，有的是花草种子。记得我拿到了一小包向日葵种子，后来种在了花盆里，到了夏天，居然开出一面硕大的花朵。

立春的活动，中国古来就有。采春、踏春、插春、尝春，都是民众的行为。即便是皇帝，这一天也要带头躬耕。到了清朝，皇帝祭农之礼已经十分完备了。立春这天，皇帝先到先农坛祭祀先农，然后到田里亲自扶犁耕田，以示率先垂范，也是表达对农业的高度重视。皇帝老儿耕田，一是技艺不熟，二是体力不支，自然无法长时劳作，只能是一次"示范性劳动"，类似于"真人秀"。

然而，不管怎么样，牛，都是立春这天的主角。牛勤春来早。牛在传统中国，是重要的生产资料。在我们五联村，牛原先是很多的，最多的时候有六七十头。春天到来，耕田佬穿着蓑衣，牵着牛，行走在烟雨朦胧的田埂上，这是乡下最为常见的一景——我曾从课本里读到春天，从唐诗里读到春天，但更多时候，我是从村庄的耕田佬身上读到的春天；三十年之后，村里的耕田佬，像约好了一样从田埂上消失了。牛也消失了。

我们的田地属于丘陵地区或半山区，地形都不怎么规整，经常是随着山势溪形回转，奇形怪状，边边角角很多。耕田佬用的都是"曲辕犁"，也就是"江东犁"来耕田，便于人和牛的回转。春天的村庄，因为牛的消失，也失去了春天的风景。而我以为，传统中国南方沿袭数千年的农村生活场景，就此发生了根本性的变化；亦可以说，是"三千年未有之巨变"。一时之间，你还真很难说它是好还是坏。

2014年冬天，我跟着父亲，去寻访村庄里最后一名耕田佬。听他讲过去的故事，讲耕田的技艺，讲"牛口令"和"两犁两耙一秒"的工序，并用文字详细地记录下来。用牛耕田，是一种技术，更是一门艺术。你看吧，田如纸，犁似笔，水就是墨，那牛与人正一起挥毫泼墨。他们来来回回，在一小方画纸上，绘出自己的作品，也在世间留下自己的足印。

耕牛从村庄里消失了，但春天依然会如约到来。许多田地不再种植水稻，有的种了蔬菜，有的种了苗木，有的干脆就荒芜了，长满了葳蕤的野草。再要耕田怎么办呢？就去请人用"铁牛"耕种。在日本，以种水稻闻名的新潟地区的山古寺村，我与种水稻的职人交流，发现他们都用上了先进的小型农机具。耕田也好，插秧也好，收割也好，都有非常先进的农机可以使用，这令我非常羡慕。我还悄悄地问了价格，譬如一台联合收割机，折合人民币30万元，这样的"铁牛"还真是不便宜。希望有一天，我们村庄里单打独斗的小农户，也能用上这样的"铁牛"。

今年立春，是在腊月三十，也就没有什么特别的立春仪式了，不过我们一大早，还是去田野间走了走；回来之后，到菜园摘了些蔬菜和野菜，包了饺子来吃，以一种相当简化的"踏春"和"咬春"仪式，迎接一个崭新春天的到来。

2019年2月17日

插秧歌

六月六日芒种，与友人一起到渔山插秧。渔山其地，乃富春江之南岸，一条大江浩浩东去，下游一点就是钱塘江了。江边有水田千亩，宽谷平畴，风光恬静。当天同往插秧的，还有当地幼儿园与小学的孩子，孩子们一个个脱了鞋袜入得田中，小小的人儿，跟着老师有模有样地弯腰插起秧来，竟是欢乐不已。

这样热闹的插秧场景，在乡间已是不多见了。插秧也叫莳田、莳秧，是水稻栽种过程中的关键劳动。流传在上海青浦地区的"田歌"里，还能找到一些莳秧的规矩：

"莳秧要唱莳秧歌，两脚弯弯泥里拖。背朝蓝天面朝泥，两手交叉莳六棵。"

还有："躬背弯腰不撑膝，一手分秧一手插。插秧快如鸡啄米，鸟叫一声六棵齐。"

我记得小时候，跟父母一起在田间插秧，速度总是跟不上。而且弯腰时间一长，就觉得腰酸，左手分秧的同时，忍不住会把手肘支撑在膝盖上，双手也就无法高效配合了。原来，人家的歌声里，早把这些唱到了——鸟叫一声六棵齐，这样高的插秧效率有什么秘诀，无非是不偷懒，肯吃苦吧。

每到插秧季节，在江苏扬州一带，田间地头的大喇叭里都会播放《拔根芦柴花》《撒趟子撩在外》这样的插秧歌。歌声充满热情，充满对土地的热爱，歌声悠扬、粗犷，男女比赛似的对唱，以缓解劳动的艰辛。

《拔根芦柴花》的歌词——

叫呀我这么里呀来，我呀就的来了。

拔根的芦柴花花，清香那个玫瑰玉兰花儿开。

蝴蝶那个恋花啊牵姐那个看呀，鸳鸯那个戏水要郎猜。

小小的郎儿来哎，月下芙蓉牡丹花儿开……

还有这样一首《插秧歌》：

太阳发红东方亮，哥哥耖田妹插秧。

泥巴糊上哥哥脸，浑水打湿妹衣裳。

不怕累呀不怕脏，哥妹田中把歌唱。

哥唱四月秧苗嫩，妹唱八月稻穗黄。

田间的艰辛与美好，既热闹，也是寂静的。

更多的时候，歌声在心里响起。劳动的人忍受着身体的疲累，很久很久以后，直起身来，发现眼前的田野已被绿色的青秧插满。

唐朝的布袋和尚，有一首流传甚广的《插秧诗》，诗曰："手把青秧插满田，低头便见水中天。心地清净方为道，退步原来是向前。"

这首简单的诗里，藏着禅的意境。我曾在一篇文章里写过插秧："一是必须低头和弯腰。弯腰使得人呈现一种躬耕于南阳的低微之态，低头是把视野变小，把世界观变成脚下观。这个时候我们看见水，看见泥，看见水中有天，看见天上有云，看见水中有自己，也看见水中有蝌蚪。二是必须手把青秧。手把一只手机使我们联通全世界，手把一株青秧就使我们联通土地。此刻我们放弃了全世界，只为了脚下的土地。手执一株青秧，弯下腰身，伸出手去，以手指为前锋，携带着秧苗的根须，深入泥土之中。泥水微漾间，一种契约已经生效：你在泥间盖上了指纹，那株青秧将携带着你的指纹生长。"

布袋和尚所说"退步原来是向前"，更是插秧的基本要领。天下之大，我是没有见过往前插秧的，只有边插秧边倒退的。倒退的时候，看着眼前的田野被自己的劳动成果所覆盖，于是得到鼓舞，得到信心，得到一种心灵的丰富与充盈。这种欣喜是极为平静的。

我很享受一个人在田间插秧时，内心的宁静与欣喜。

　　与此同时，也不由会想起日本小林一茶的俳句：

　　　　中午小睡

　　　　稻农的歌声

　　　　让我感到羞耻

　　小林一茶诗中所写的场景，也是在插秧的农忙时节，那些对农事劳作陌生的人，听到歌声，因为自己并未参加劳作而感到羞愧与不安。"稻农的歌声"，指的就是插秧歌。在水稻的耕作及与此相关的四时风物上，日本与中国有太多的相似之处。日本的稻作文化，即是由中国传播过去的，那稻田里的歌声，也有着江南吴地的影子吧？

　　　　　　　　　　　　　　　　2019年6月9日

桃花酒

桃花开的时候，无事在山里闲荡，就走到苏庄的小村庄里去了。桃花开的时候，其实剪一大枝桃花，插在一个大坛子里，摆在墙角，就很好看。但是在山野之间，很少有人这么干。桃花开，就是为了结桃子。桃花开虽然也好看，却没有谁用异样的目光去看它——你要目不斜视，心思端庄：看着花，心里想着桃子，这才是正确的。

桃花开，宜做酒。

做酒是有时间要求的。比方说，春酿，就是桃花开时来做酒。《诗·豳风·七月》有说："为此春酒，以介眉寿。"宋代的周密说："薰然四体知，恍若醉春酿。"不管是先秦还是南宋，恐怕蒸馏酒的技术还没有出现，所以这里说的春酿，与我的不同。

桃花开的时候，做酒师傅便开始忙碌。做酒师傅，在村庄里并不是那么多的，算是手艺人。当然是早就约好了，他知道这家和那家是要做酒的，就排好了时间。现在，他到我家来，把我们"父亲的水稻田"出产的几担稻谷，与附近村庄人家种的几担荞麦，拌到一起，带壳带秕，用水浸泡。泡足了水分，再用柴火大锅猛蒸。水汽蒸腾之时，谷壳就微微地开裂，可以看到洁白的米饭粒半遮半掩，这算是蒸好了。把这些稻谷与荞麦一并捞起，沥干水分，堆到墙边干净的地上，摊晾，晾到一定时候，再把酒曲碾成粉末，均匀地拌到谷堆里去。然后，盖上稻草，盖上蓑衣，或者再盖上别的东西，静待时间参与进来，让谷子与荞麦以及酒曲，在稻草蓑衣那些东西的覆盖之下，于时间之中，发生奇妙的变化。这里面会有哪些变化呢？你知道的，此时此刻，外边是个春天，桃花烂漫的季节。等到林花谢了春红，满地花瓣零碎成泥，枝头又结出了青青的桃子李子；再等到油菜籽都熟了，割回家，榨出油；再等到天气终于热起来，长袖的衬衫也穿不住了，只能挂一件大汗背心四处晃荡，这时候，做酒师傅才会再次出现。他轻轻地来了，揭开蓑衣，移开稻草，稻谷与荞麦发出一阵阵甜香，真的是酒香四溢了。

做酒师傅是随身携带一些秘密武器的，譬如说，刚一小会儿，他就在室外搭起灶来，架起硕大的木甑。有时候你都不知道他是怎么把那些木甑铁锅带来的。以及，什么漏斗，什么酒勺，什么滴管。只见他，这样转转那样转转，前边敲敲后边打打，忙活小半天，一整套的器具就在院子里架好了，看起来就像是一整套的实验器具（他的化学一定学得不错）。大铁锅中有水，水上有木甑。现在他把那些发酵过的荞麦稻谷，倒进大木甑中，锅底下的灶膛里已经燃起了火苗。火势熊熊，噼啪作响，木甑里吐出白雾，雾气腾腾，酒气腾腾，继而人心腾腾。因为，那透明的酒水，正从管子里滴落下来，滴滴答答，这人间的甘露啊，正以惊人的方式从四面八方啸聚而来。

这是盛夏时节的事。

而现在，桃花正开着，我就知道一定会在村庄里，遇见一位做酒师傅。穿行在村庄里的做酒师傅，一定骑一辆老式的大自行车，在泥墙边的桃树下拐一个弯，一眨眼就消失不见。这个时节蒸起来酒料，才能邀请到时间的参与，也才能预约夏天的一场酒事，这就叫作：桃花酒。

桃花开的时候，父亲问我，今年想做多少斤酒。我想至少要一百斤吧，最好有二百斤。一百斤的稻谷与荞麦，大概能蒸出三四十斤酒来，那么这样换算一下，大约是要好几百斤稻谷与荞麦的。今年家里造房子，到了夏天尚无法完工，届时一定会显得兵荒马乱，但是酒这个东西，还是不能耽误。我一想到那粮食谷烧的酒，有五十多度，就不由得有些开心。也不知道做酒师傅到家里去过了没有呢？你看这山里，桃花已然开得如此好了。

2019年4月2日

无有一笔不珍重

　　那日在家煮面，看到碗底有个字：全。

　　从前的碗，日子过得比现在有趣——它们会记住主人的名字。村庄摆宴席时，则有男人担着箩筐挨家挨户借碗，宴罢，女人围坐一处，一边洗碗一边大声谈笑。之后，各家的碗会按照碗底的字号，准确地回到各家。

　　童年的记忆中，曾见过父亲用一枚钉子，一把锤子，叮叮当当敲着，在碗底凿一个字。那是家里新添置了碗具。父亲在碗底凿字，神情认真而郑重。

　　仔细观察凿在碗底的字，发现其与现在电脑屏幕上的字近似——都由像素构成。数了一下，那个

222

"全"字，一共有四十八个点。

父亲现在很少写字。从前父亲提笔写字，一是为村人写信，二是"号"农具，三是过年写春联。春联现已不写，信更是少见，唯大大小小的箩筐、风车、打稻机、竹簟、犁具、畚斗上，还时常见到父亲的字迹。

打稻机上写的是："颗粒归仓""五谷丰登""一九八六年，周全仔办"。风车上写的是："去浮存实""公元一九九〇年办"。

父亲上到高中，毛笔字写得不错，至少比我好很多，不仅给自家"号"字，村里乡邻新置办了农具，也会请父亲去帮忙"号"字。乡人对于农具的态度，是很珍重的，一席竹簟，一只箩筐，一条扁担，也都会号上字，写上某某年春或秋，某某某办。每每此时，总见父亲一笔一画，郑重其事，似乎生怕哪里一不小心写错。

我把农具上父亲的字迹拍了照，发在朋友圈中。结果，山东画报出版社的老总徐老师，看见父亲的字就说很喜欢，要向父亲讨一幅字。

我在乡下住着，想起一首诗来："秋来凫雁下方塘，系马朝台步夕阳。村径绕山松叶暗，野门临水稻花香……"特别喜欢诗中意境。父亲握惯锄柄的手，又拿起毛笔，第一次在很好的宣纸上写字。他就认认真真地写了这首诗的后两句："村径绕山松叶暗，野门临水稻花香。"

隔日，给徐老师寄出。不几天，徐老师收到，又回寄了两包日照的春茶。父亲当然是开心极了。

现在大家很少写字了。前天，我去餐馆吃饭，服务员太忙，半天没有过来招呼，我便拿起点菜笺，一边翻菜谱，一边写菜单。闲着也是闲着，就写出了一点挥洒笔墨的味道。结果，一不小心，把菜点多了。突然想到一个好主意：若是餐馆在每张桌上备好笔墨（钢笔也行，当然最好，还得是毛笔），由客人自写菜单，那一定会很有意思。现在，人们用多了电脑，写字的机会反而难得。餐馆用平板电脑点菜，我看并非什么创举，让客人回归原始，用笔墨写字点菜，才算有意思。

2016年8月，我和一帮朋友重走日本匠心之路，有一天，在京都一家很有名的日料店用餐。那一顿饭，花样丰富，品目繁多，大家吃得极有滋味。餐毕，我们便想着跟店家要一份菜单，留作纪念。服务生答应着，退出去了。等到我们离开的时候，服务生与老板候在门边，给每个出门的客人奉上一个小信封，里面装着的，居然是店老板亲自用毛笔手写了之后，又复印来的一份菜单。菜单上面，每一道菜，哪怕小至凉菜，其食材与制法，也一笔一画写得清清楚楚，虽是日文也可以看懂。老板在门边相送，给每一位客人鞠躬，那细致与珍重的神情，真是令人十分感动。

前些天，在家帮着父亲整理农具，我看到农具上父亲的字迹，历数十年光阴而依旧鲜明。那一笔一画的字迹里，无有一笔不是珍重的态度；又想到父亲对待土地、对待庄稼，也无有一日不是珍重的态度，不禁在心中，生出一种敬意来。

2019年3月22日改

扁担大人

老辈人，对待农具有一种珍重的态度，这里面除了惜物之心，也有一种敬畏在。譬如，一柄扁担倒在地上，小孩子刚要跨过去，大人会及时制止，把扁担恭恭敬敬地竖在墙角。小孩子自然不懂得为什么，大人也不明说，只觉得是一种禁忌。

在乡下的生活，是常常会有一些禁忌的。譬如，一粒米饭掉在地上，脚是不能踩到的；譬如，夜里不能吹口哨；譬如，不能用手指月亮，否则月亮会割人耳朵；写了字的纸头落到地上，也不能踩到，应当捡起来塞到纸篓或角落里——尽管现在想来，很多约定俗成的禁忌都是毫无道理的，也有很多迷信的成分，却居然也流传下来。这使得村人的生活，有很多仪式感在里面，也有很多讲究，使日子过得十分庄重。

扁担为什么不让随便跨过去呢？我后来读到一篇论文（丁晓蕾、孙建、王思明《江南稻作农具民俗遗产的文化表现及其意义》，《中国农史》2015），文章说，在许多地域文化中，农人认为农具上都有神灵，扁担上就有"扁担神"，也称"扁担大人"。对"扁担神"的敬畏，体现在日常的使用习俗上面。譬如，在有的地方，如果不小心跨越了别人的扁担，肇事者会被要求承担一种风险，即如果一个月内，用此扁担挑担者肩上生疮的话，其医药费和误工费应当由肇事者承担。

再如镰刀，其上亦有"镰刀神"，据老人说，在收割水稻前磨镰刀，须用过以后，才可以再磨。如果磨过以后不曾使用，便又再磨，叫作"磨重刀"，这种刀容易伤到人。所以，有的老人特别讲究，刀磨过以后，便用刀尖在地上划拉几下，表示用过了，之后才会放心使用。

　　同样，稻桶、粮仓作为贮藏粮食的工具，其中就入驻有"谷神"。稻桶，是农户家中最为重要的农具。最近我读一本有关稻作文化的书，看到书上说，浙江东阳民间认为，谷神不在庙堂之内，而是依附在稻桶上。在我家乡衢州，从前也是有许多讲究的，譬如不能对稻桶过于随意。哪怕是小孩，也不能把脚搁在稻桶上，否则就是不敬。谷仓、米缸，绝对不可坐在上面。即便是米缸里的量米竹筒，也不可随意乱放，必须好好对待，只有这样，才可以保证米缸不空，米筒里永远都能舀出白花花的大米来。

　　稻神，在中国广大的稻作地域，有着广泛的群众基础——广西壮族自治区的非物质文化遗产项目里，有一样是"芒那节"，正是在农历六月六，举行盛大的祭祀活动，来祈求稻神娅王赐予丰收的。远古的壮族先民，尊娅王为稻神，农历六月正是水稻抽穗扬花的关键时节，决定着能否丰收，必不可轻视，要以隆重的仪式与敬畏的心情，来尊拜稻神的赐福。

所以，农具更多的是一种象征，哪怕是一柄锄头、一担箩筐、一根扁担，都应好好珍爱，这才是农民的本分。如果农民对自己的劳动工具都不珍惜、不爱护，又怎么能做好农事呢？这就好像，我在十几年前初入新闻行业，一位摄影老前辈说，照相机就是他的武器，哪怕是有一次他掉进了河中，整个人都湿透了，那台相机依然被他一只手高高举着，毫发无损。这是一个人对自己职业最高的尊重吧。

　　所以，也不难想象，父亲在农具上写字（俗称"号"字）时，那样一种郑重的态度了。

　　就我所见到的，最简单的一种，是在扁担、箩筐、风车上写上主人名字，多写"某某某办"，以及年月；另一种，是在农具上写上吉利的话，如风车上写"川流不息""去浮存实"，稻桶上写"五谷丰登"，谷仓上写"大有之年""金谷满仓"等。

　　有学者研究认为，在稻作农具上"号"字，历史源远流长，发端于宋代，随江南开发而兴盛。至晚清、民国时，最为鼎盛，成为群众约定俗成的文化活动。其实要我说，所谓"耕读传家"，所谓"晴耕雨读"，耕、读两件事，就在一件小小的农具上体现出来了。具有文化意义的写字，与农耕劳动的教育，通过农具，将其精髓潜移默化地传递给乡间的孩子们，从而代代流传下来。

而今，很少有人会注意到一根扁担上还有什么讲究了。即便是小孩子，也不会相信扁担上有什么"神灵"，这是时代的进步。然而，有时候时代走得太快，就把很多东西抛下了。停下来想一想，世世代代的农人，哪里会不明白这个道理呢？他们常说，"头顶三尺有神明"，哪里不晓得真相呢？——只是看破而不说破罢了。或者，他们敬的并非某一个具体的"神明"，而是一种生命的仪式感，一种对于农耕生活的敬畏心。也唯其如此，世世代代，才有了行事的准则，也才有了做人的道理。

2019年3月26日

卖瓜声过竹边村

书多无处放，遂理书，边理边读，时光很快逝去。孙犁先生有《书衣文录》，随手翻阅，有时只一句两句的话，都是困境之中，与书一起消磨的时光。譬如1975年7月9日这一则："久不弄此。中间事烦、病扰、休假、无纸，此业遂停。今日同人来谈，余问有封套否？中午遂有人携大捆来，闲人乃大忙。"

爱书之人，面对失而复得的旧书，每一本都如晤故人。书磨损破坏严重，满面霜尘，孙犁便利用废纸来包装这些旧书，同时在自制的书衣上写点文字。这些书皮上的文字，随意而发，短小隽永，实耐人寻味。

又翻出一本小册子，系《云门舞集·稻禾》。2017年冬，我在北京读书，见心心念念的《稻禾》在国家大剧院演出，便去看了。这一场舞剧是早就听说过的，也知道台东的池上，那大片大片的水稻田，是这出剧灵感的发源地。池上的稻田真美呀，山野的纯净风光，有如世外桃源，近处的青秧水田或金黄稻浪，与远山黛影相互映衬，白岚浮现于山间。更令人讶异的是，这辽阔的天地之间，居然没有一根电线杆，也没有一盏路灯。因池上人说，没有电线杆与电线的牵绊，才有这一片风光的纯净；没有一盏路灯，则为水稻也需要睡觉。水稻的作息，依着天光云影变化进行，不必再有人工的光线来干扰。

风光，环境，人群，文艺。不得不感叹，一片水稻田，居然有那么多故事可讲，居然还讲述得那样动人。

观看《稻禾》演出时，舞台上的稻浪风浪、雷鸣雨声，不时把我带回故乡常山的田野；舞者轻盈的舞姿，则让我联想到稻田里执着生长的一切生灵。

泥土、风、花粉、日光、谷实、火、水，构成了稻米的生命周期，也喻示着人的一生，在这样的土地上轮回复盘。

一片水稻田，不仅孕育出了粮食，还孕育出了艺术，更孕育出美好的生活方式、农民们的文化自信。一片稻田，有着无尽的可能，也有着丰富的阐述空间。我也想到，要是我们的水稻田里，能生长出更多的内容，把我的故乡，那位于浙西的一座小小的村庄的故事传播出来，那该多好！我心中常常生出这样的急迫感。然而又常常觉得力有不逮，徒叹奈何。

我常想，这一片水稻田上，劳作过多少代人；细细长长的田埂上，行走过多少张面孔。他们来了又走了，没有留下更多的印记，唯有稻禾青了又黄，黄了又青。时代在发展，科技在进步，但我从未觉得，今天的我们一定就比几百年前的人更高明。外在的条件在变化，而作为一个人，他所面对的周遭世界与人生困境，却是亘古未变的。

北陇田高踏水频，西溪禾早已尝新。

隔墙沽酒煮纤鳞。

忽有微凉何处雨，更无留影霎时云。

卖瓜声过竹边村。

　　辛弃疾也曾路过这样一片稻田吗？我随手翻另一本书，这一首词《浣溪沙·常山道中即事》落入眼中。稼轩是山东人，人以豪放派称之，他的长短句也大多豪气干云——却没想到，亦有如此纤细处。仲夏时节，早稻已熟，这是一幅多么恬静的田园风光。最末一句，又有作"卖瓜人过竹边村"的，我却觉得，有人而不见人，还是"声"更有意味一些。

　　宋代有不少诗人词人，在常山生活、工作或是旅居、逗留，留下不少诗词，据说至少有一千余首。一条常山江与它的纤纤支流，从农业水利角度来讲，灌溉了这个地域的广袤田野；从人文的角度来讲，既是一条名人往来的要道，亦是一条文化的大动脉，以"宋诗之河"誉之一点儿不为过。宋代诗词千余首中，与常山四时田园相涉的又有不少，随意举例，便有：

> 云山环合户深关，中有幽人竟日闲。好在窗前数竿竹，与君相伴老山间。（赵鼎《独坐东轩》）

赵鼎是南宋的宰相，曾四度来到常山，访友、归隐，直至迁居并归葬于黄岗山。

> 拔尽新秧插尽田，出城一眼翠无边。不关雨水愁行客，政是年年雨水天。（杨万里《明发三衢》）

这时节，秧都插好了，尽管宋时很可能种植双季稻，却也不见得在"雨水"节气（一般在正月十五前后）就插好秧了。因此诗中"雨水"并不是指节气，而指的是多雨时节。

烟雨蒙蒙鸡犬声，道长人寂掩柴荆。漫山桃李浑无数，归近何妨细作程。（赵蕃《常山道中》）

菱窠柿叶满秋池，仿佛樵歌在翠微。隔寺晚钟声欲断，蒲葵树底一僧归。（李龏《与箬溪焕上人夜坐》）

上界神仙住九华，故留灵锁护烟霞。云根欲断溪回处，流出常山几片花。（吴昌裔《九吟诗之九锁》）

当然，最知名的一首，莫过于曾几的《三衢道中》：

梅子黄时日日晴，小溪泛尽却山行。绿阴不减来时路，添得黄鹂四五声。

翻了一叠纸出来，用毛笔抄了几首诗，心静下来。出门走走，便又走到田埂上了，水光潋滟之间，有白鹭蹁跹起舞。默念方才抄写过的句子，便觉得眼前的稻田，也充满诗情画意了。

2019年5月18日

昔日味道

清晨，邻家老妪在屋外唤母亲，问乌饭树叶要不要，分你几枝。等我起床，母亲已把乌饭树叶摘下来，浸在一盆井水中，枝叶清鲜，嫩绿可喜。也不知道老妪是从哪个山头折来的，我用手机拍了好几张照片。

这是立夏了呀。

立夏要做乌米饭吃。

母亲把浸水洗净的乌饭树叶取出，用豆浆机打碎（以前是用手揉搓出来），再滤去渣子，只剩下树叶的汁水，用来浸泡糯米。老家这边的人，每到什么节日，都喜欢用糯米做了食物来吃，端午吃糯米粽子，立夏吃糯米饭，冬至舂麻糍，过年打年糕，元宵节吃汤团——有一个说法，糯米最能滋补身体，所以农人尤其珍重之。

从印度东北的阿萨姆、泰国、缅甸和老挝的北部，再到中国的云南、广西、贵州的部分地区，至今都普遍种植糯稻，以糯米为主食。日本学者渡部忠世，称这一地区为"糯稻栽培圈"（也有人称为"糯稻文化区"）。在我们浙江，虽然也是每年都种糯稻，但面积并不太大，只是作为辅助的部分。糯稻的种子，也是家传的，世世代代流传下来，不假外力。上次中国水稻研究所的专家到我家，也说这个稻种真是珍贵。每年秋收时，父亲都会挑最好的稻穗割下，扎成一把，挂在屋檐下晾干，以作为来年的种子。而杂交水稻，则与之完全相反，每年都是从种子站购买的，自己并不能留种。

炊烟升起，母亲把浸好乌饭叶汁的糯米倒入饭甑中，隔水蒸炊。这种煮饭的技艺，我在日本也见识过，即便是东京、大阪这样大都市的人，至今怀念用土灶蒸饭的时光。

"咕嘟咕嘟，啪啪，扑哧扑哧，一把稻草，小孩子哭了也不能打开盖子。"

这是一首从江户时代流传下来的歌谣。在日本的乡下，用木柴烧火，用土灶和大锅煮饭，孩子们就在边上围绕，拍手而歌。

"咕嘟咕嘟"，指的是米刚下锅不久，小火预煮，使米粒充分吸水。到了第二阶段，改用大火，锅内一下子沸腾起来，这时候锅里发出"啪啪"的声音。到了第三阶段，是持续沸腾的阶段，改用中火，使米饭汁液不溢出，也促进米粒的糊化。这时候锅里会发出"扑哧扑哧"的气泡的声音。到了最后，是焖的阶段，改用小火，要使多余的水分挥发完，使米粒里的甜味析出。这个时候，即便小孩在哭在闹，也还是不能打开盖子去看。这是煮饭的关键阶段，一旦打开盖子，前功尽弃，也煮不出一锅完美的米饭了。

"日本的主妇，都知道这个歌谣，这也是做好米饭的秘诀。"我在日本一家非常著名的电饭煲工厂采访他们的工程师，人人熟知这首歌谣。他们也据此研制出一款电饭煲，完全模拟当年土灶煮饭的过程，煮出的米饭有"怀旧的味道"，受到许多消费者的追捧。

在我们家，木制的饭甑也是昔日的记忆了，方便易用的电饭煲取代了早年的饭甑。不过，偶尔在过节的时候，母亲还是会搬出珍藏的饭甑来，煮一甑米饭出来，尝尝那记忆里的味道。

母亲做乌米饭，也有许多不同的方法。糯米用树叶汁浸泡好后，热锅放油，翻炒蒜米炒出香味，再加入豌豆、咸肉丁，或者也会有切碎的野山笋，也略炒出香气，再把糯米放入，加盐、生抽、料酒及一点点红辣椒，翻炒一下，转移进电饭煲，加少量水煮熟。熟之后稍稍搅拌一下，再焖一焖，香香的乌糯米饭就做好了。

这一碗糯米饭，饭是乌黑油亮的，豌豆碧绿，咸肉丁暗红，再撒一把小葱，真是引人食欲。

糯米饭养人，但也不易消化，肠胃不好者不可多食。周作人小时也是最爱吃糯米做的麻糍的，《越谚》中有说："糯粉，馅乌豆沙，如饼，炙食，担卖，多吃能杀人。"周作人便在《卖糖》的"附记"中写道："末五字近于赘，盖昔曾有人赌吃麻糍，因以致死，范君遂书之以为戒，其实本不限于麻糍一物，即鸡骨头糕干如多吃亦有害也。"

我记得有一年的立夏，去采访一位老先生，听他讲半生往事。1949年，他从上海暨南大学的新闻系毕业，后来到西北挖矿、做工，成为一名中学教师，终于结婚时，已是五十多岁。

他十分珍惜来之不易的幸福，对待家人平和温暖，工作也尽心，多次被评为市级优秀教师——那天，我们就在他所住的老旧又逼仄的职工宿舍，聊起这些往事，时光镜头来回切换，半生岁月历历如昨，又仿佛转瞬即逝。

他的老伴，那一头白发的妇人，一直在厨房里忙碌。出来时，手上捧了一锅豌豆糯米饭——我这才记起那天是立夏。她一定留我们在家吃饭，似乎我还与老先生饮了一杯酒；我因了那一碗豌豆糯米饭，记得那一天，而且印象是如此深刻。

老先生手捧一碗糯米饭，一头白发，那郑重的样子，感人至深。

2019年5月13日

吃米还是吃面

　　这几天在读《中国食辣史》。食辣，在我家乡衢州常山县十分盛行，亦有广泛的群众基础。父亲常说，不辣没味道，他是什么菜都愿意放一点辣来吃。常山最有名的一道菜，是青辣椒炒红辣椒干辣椒。人以为这是开玩笑，其实非也，乃是上了当地美食排行榜的正宗菜式。

　　饮食习惯与地域人群的个性，是十分有关系的。食辣的人，个性多粗犷，譬如辣妹子辣，川妹子爽，重庆女娃那就是一个火爆个性——也许这多少带了点文化偏见。然而一方水土养一方人，肉食者与素食者总归有些差异，嗜辣者与惧辣者也会很不一样。

同样，说到辣椒，这些年辣之席卷全球的态势表明，饮食对于味蕾的影响与改造，亦是深远的，甚至可谓是文化的传播与饮食的互动了。

不仅辣椒如此，吃米饭与吃面食的人群据说也存在巨大的差异。几年前，美国心理学家托马斯·塔尔汉姆，通过对中国人饮食的研究，与合作者共同提出了一项"水稻理论"，并且因此成为《科学》杂志的封面文章。他的研究成果是，小麦种植区造就了个体主义文化，这部分人群倾向于分析性思维；而水稻种植区造就了集体主义文化，这个区域的人群倾向于整体性思维。

在《人物》杂志做的一个采访中，托马斯·塔尔汉姆说："我在中国生活过一段时间，我发现在广东，人们比较小心翼翼，重视避免冲突，但是去了哈尔滨，当地人甚至会当着我和朋友的面，直接引战……我感觉他们更外向，更直接。"

那么为什么水稻与小麦会造成这样的性格差异呢？托马斯认为，其中一大原因是，水稻需要使用灌溉系统，对人力的要求也更多，不同农民之间需要协调，整个村庄相互依赖，他们会建立起一些互助的系统。几千年传承下来的这种文化就会使人更偏向于整体性思维。而种植小麦对于集体工作的要求稍低，所以他们的文化会相对自由，更独立一些。

姑且不论这项研究是否经得起历史的检验，但可以说，这是一个有意思的研究。托马斯后来在《科学》杂志发了一篇新论文，也同样很有意思，是关于在星巴克里挪椅子的研究。我只简述结论吧——他跑到中国南北好多座城市，到星巴克咖啡馆折腾椅子。一到咖啡馆，他就把两个椅子偷偷挪到一起，中间留一个侧身能过的空隙。结果，水稻区的人很少挪椅子。在上海，只有2%的人挪椅子，大部分人不管多困难都侧身挤了过去。当时椅子上没有人坐，是可以挪的，但就算这样他们还是选择不改变现状。而在属于小麦区的北京，挪椅子的比例超过15%。

不只是外国人对这个差异有兴趣，我还查到有一篇硕士学位论文——《中国水稻区与小麦区人群思维方式的比较研究》(作者是聊城大学梁素佩)也是研究这个问题的，但此项研究的结论却与托马斯的结论相悖。不过作者也承认也许是自己研究的样本数太少了。

地域与饮食习惯的差异，与人群气质性格的差异，这类话题总会让人产生兴趣。人们总是会说，南方的烹饪手法精致一些，口味也偏清淡，所以南方人显得斯文；北方的烹饪方式粗犷一些，口味也偏重，因此北方人往往显得豪迈。要我看，这是一个先有蛋还是先有鸡的话题。说不定，正是南方的青山秀水，养育了南方人的斯文温柔，也使得他们在饮食上更加精雕细琢；而北方的大山大水，培育了北方人的雄浑豪迈，反映在饮食上自然也不必那么讲究细节了。

在南方小小的村庄，地图上都找不到一个点的地方——五联村，我们的田野里也轮作着水稻与小麦。尽管一年到头大家仍以米饭为主食，面食也是不可或缺的。有时擀个面条，煮一碗"须拼"(一种手擀面，刀切后弹拉入水煮，颇有韧性劲道），便是令人垂涎三尺的美味；有时蒸一笼豆腐包子、辣椒肉包子，那也是地道的家乡味。常山街头也常有小烤饼、小葱饼出售，半夜三更依然有人在街角摆摊，夜间出来，闻见烤饼飘来的香气，简直叫人无可抵挡；偶尔在家也能包顿饺子，饺子的馅花样繁多，即便是饺子的皮，也揉进了面粉、芋艿、红薯，吃起来润滑弹牙，口口皆香；若逢年节喜事，也会蒸馒头来吃，馒头上用洋红点上花纹，一层层垒起来，垒成一座宝塔，真是喜气洋洋。

对了，常山还有一道面食也是颇负盛名，叫作"常山贡面"，方言叫作"索面"。这索面，乃是将一大坨面团经过揉粉、开条、打条、上筷、上架、拉、盘等种种复杂工序，做成白如银、细如丝的干面条。要吃这索面，配料是最重要的，一个青瓷大碗，依次加入佐料：一勺洁白的肉油，一勺红通通的辣椒油，一把碧绿绿的小葱，一勺酱油，一把生姜末。待到一锅水煮开了，舀出一大勺水先冲进佐料碗中，再把索面丢进锅中，在沸腾的水中稍煮两三分钟，翻腾片刻，即可夹出面条，浸入汤碗之中。这碗面，热辣辣，油汪汪，红通通，滑溜溜，吃得你额头冒汗却停不下来，最后捧起汤碗把汤都喝掉，真是快哉快哉！

为什么常山人处于浙西，却也依然热爱面食？想来也是有北方饮食的基因在血液之中。有一种说法是，"五胡乱华"时期，北方人民为躲避战火大量南迁，许多知识分子、农民、手工业者、商贾等纷纷逃亡到南方，其中就有大批来自河北赵地常山郡的战乱幸存者，其中也不乏赵子龙的后代或族人。他们逃难到了浙西这块土地上定居，因思念北方故园，便将这里起名为"常山"，一直延续至今。

由此可见，简简单单的一碗饭、一碗面背后，都有源远流长的文化与历史可以挖掘。饮食文化的基因，流淌在族群的血液之中代代相传，无法磨灭。

2019年8月25日

米饭秀

我们稻友一行，去年到日本参观大地艺术节，发现整个艺术节中，随处可见稻米的影子。很多艺术作品，就在稻田里陈设与展出，广袤的田野、金黄的稻谷成为作品的绝佳背景；甚至，连吃饭本身，也被当作一种"艺术行为"来展出。

在里山现代美术馆，看完展览正是中饭时间，我们赶上一场"米饭秀"。数十位客人在场内坐下，工作人员便开始讲述水稻与大米的故事。然后，工作人员将四种不同品种的米饭，像冰激凌一样盛装在四个小格子里，每一种仅仅有拇指大小的一勺，格子旁边标着1、2、3、4四个序号，让每一个人评选出自己觉得最好吃的品种。

那一小勺米饭，分量真的好少，但又正因为少，又显得何其珍贵呀。

传到我手中的一张白色单子上写着："（要品尝出）米饭的味道差异，将非常微妙和困难，但请享受它。"

工作人员说："你可以把注意力集中在味道上，闭上眼睛去感受它。这是一个小小的区别。但如果你通过吃来感受土地，我会很高兴。"

我们品过了不同的米饭，选出自己喜欢的那一种，就可以去柜台领一个餐盒。餐盒里有几样蔬菜，作为主食的饭团，正是每个人自己选择的品种。

后来的几天里，为我们作大地艺术节导览的德井先生，初见面时的开场白便是如此："欢迎你们来看我们的稻田，希望你们喜欢我们的稻米。"

几天后，我们即将离开，他与我们告别时说："希望你们回去，让更多的人来看我们的稻田，让更多的人，吃到我们的稻米。"

日本人，是多么为他们的稻米而骄傲啊。

从20世纪70年代开始，日本农民种植水稻就追求大米的良好品质，尤以新潟县鱼沼市出产的"越光米"最负盛名，被誉为"米王"。此外，秋田县产的"秋田小町"、北海道产的"梦美人"、宫城县产的"一见钟情"等都很有名，而且售价都颇不菲。

学者大贯惠美子，著有《作为自我的稻米》（浙江大学出版社2015年3月第1版）一书。书中写道：

"柳田指出，在所有的作物中，只有稻米被相信具有灵魂，需要单独的仪式表演。相反，非稻米作物被看作是'杂粮'，被放到了剩余的范畴。"

"每粒米，都蕴含自古至今所有农夫为了种稻而费尽心血的智慧，每思及此，都让我想静静合掌，表示感谢。"

正是因为他们对于大米的尊重，日本的农人至今依然保持着留存自己的稻谷作为次年种子的习惯。因此，在日本有无数的稻米品种，几乎每个农人家庭都种植他们自家的品种。

在整个艺术节期间，稻米一路相伴，如影随形。这一场大地上的艺术节，几乎就是对稻米的推广。一拨拨的游客，从世界各地赶来，品尝日本的大米。

有幸的是，我们作为一个主要由作家、记者、画家、艺术家、诗人、摄影师组成的文化参访团，经与当地的农协联系，得以来到稻田风光极为秀丽的山谷志村，体验当地的水稻收割。一开始是用镰刀收割。过了一会儿，来了一台收割机。山谷志村的水稻匠人田中仁先生，开着小型收割机过来，真是令人羡慕啊。大家纷纷扔了代表传统手工业的镰刀，投奔新技术去了，还顺便过了一把开收割机的瘾。

我们站在稻田里，手持金黄稻穗，学着对面田埂上日本老先生"chi-zi（起子）"的发音，咔了一张大合照。

几天后，我们参观到大地艺术节的经典作品之一，《农舞台》，大家簇拥着拍观景台上竖排的日文字，发现从右至左，写的就是四月到九月的农耕歌谣。而"九月"那一段歌谣翻译过来是：

长得高高的稻穗，几乎遮住了人影。

九月。挥动镰刀，收获每一颗稻谷。

从田间搬回沉甸甸的稻束。

只为在十月前能完全晒干去壳。

那个九月，稻谷成熟，农人们脸上挂着自信又满足的笑容。我想，能通过自己的劳动，真正种出一碗好米饭来，那种成就感一定是无可比拟的。

后来，我们从乡野来到了都市。抵达东京之后，我们一行还是奔去了最繁华的银座，要看一眼已经成为网红的"一家米店"（这正是店名）。这家纯粹卖大米的店，就开在寸土寸金的地段，一个奢侈品店旁边。

在"一家米店"盛放大米的木柜中，有18种质地绝佳的雪白大米。据说是店家经过耐心深入的实地调研，从100多种大米之中精选出来的。

每种大米都明确标有产地、日期等详细信息。

标注上还有每种大米的口感、甜度、硬度、黏度，一目了然。

这里出售的大米，当然很贵。我一边看一边在心里折算了一下，最便宜的一斤也要50多元——比我们"父亲的水稻田"出品的大米还要贵。

当然，这家店的服务也是很好的。如果你对自己煮饭的能力不是那么自信，还可以参加店里的"米饭文化体验"，由专业人士手把手教你如何煮饭。

店里的宣传语是："从一碗热气腾腾的白米饭开始，寻找人生的幸福。"

现在，当然，店里已经不只卖大米了，还卖与大米相关的食物、器具，一间小店已经成为一个生活美学的空间。

一个转身，所见皆美。不得不佩服，人家可以把一件事做到那样的极致——就算是大米，也可以成为展示文化与美学的载体。大米，哪里仅仅只是大米？

2019年9月1日

棚田收获祭

真巧，我们刚到达丰岛美术馆附近，就是一阵鼓乐齐鸣，还以为是迎接我们。原来，11月2日这一天，正是丰岛每年一次的"收获祭"仪式。十余人的一支农人队伍，身着五颜六色的旧式衣裳，吹拉弹奏，手舞足蹈，行走在层层叠叠的梯田小径上。

丰岛，是我们稻友一行"濑户内海艺术节"探访的其中一站。在这样的小岛旅行，吹吹海风，欣赏欣赏艺术家们的作品，十分惬意。本来，丰岛美术馆已经预约不上日程，结果头天晚上，一位旅友在网上给我留言，说可以提前到现场排队碰碰运气。次日一早我们直奔美术馆，居然顺利约到了参观的时间。现在到得田边，又意外遇到一年一度的收获祭，真是令人惊喜。十几位农民载歌载舞在田间行进，被欢乐的鼓乐吹打声吸引，我们也跟着游行队伍穿行于田埂上，十分欢乐。农人们穿着木屐，和着欢快的鼓乐节奏，迈动步伐，摇晃身体，他们是用这样一种独特的方式，向每一条田埂、每一块梯田致谢，我们亦步亦趋，而眼前气氛，令人感动。

日语里的"棚田"，即我们所说的梯田，乃丰岛一景。棚田里水稻成熟，已经黄透，近处金黄色的棚田，远处湛蓝色的太平洋海面，岛与海，海与天，颜色相互映衬，风景绝美。棚田水稻大半已经收割完，还有十来片棚田，接纳普通游客参与收割。我们行经稻田，看到不少日本游客已套上胶鞋，戴上手套，加入收获的队伍。

就在那片稻田里，我遇到了新屋先生。他正把收割后的稻把，一把一把地挂到木架上去晾晒。我下到田间拍了几张照片，顺便比画手势，与他用简单的英文沟通，没想到新屋先生居然会说几句中文。

新屋先生在青岛工作过两年多，回到日本之后，也有机会留在东京或大阪这样的大城市工作，而他经过考虑，还是来到了丰岛定居生活。小岛生活条件不错。为了鼓励人们到岛上安家，政府还出台了很多优厚政策，并发放一笔安家费。新屋先生来岛上生活，则是纯然出于对这座面积只有14.5平方公里的小岛的喜爱，以及对基本依赖传统手工劳动的农业生活的热衷。

我与新屋先生手捧稻穗合影，他脸上的笑容，有阳光的气息。还有很多日本的年轻人，在稻田里劳作，也都满脸笑意。在日本，水稻是最受人尊敬的作物，《我爱大米》的作者斯瑞·欧文在评价日本大米时说："这个国家把稻米当作具有神秘力量的作物，其意义不仅是主食，更视为接近于民族灵魂的某种东西。"所以，能参与到水稻的耕作与收割中，是令人高兴的事。

日本的稻作源自中国，他们庆祝稻谷丰收的习俗，也并非自创，同样源自古代中国的稻文化。日本水稻耕种的历史，大约始于绳纹时代末期，也就是中国的汉朝时期。中国长江下游的稻米耕种技术，通过"渡来人"传播到现在的日本九州一代，其后逐渐普及到日本四大岛屿各地。稻的传入，对当时还处于部落落后时代的日本人产生巨大影响，使得日本形成了以稻米为中心的农耕稻作文化，大米逐渐成为日本人的主食，同时很多与稻作相关的习俗也传到了日本。至今，在日本皇室的重大礼仪中，仍有一个"大尝祭"，即由原先稻米丰收时的"吃新节"转化而来，其历史可以追溯到公元8世纪的奈良时代，已历经1300多年。

瀬户内海艺术节，与大地艺术节一样，都是以艺术力量重振乡村的典型实践。在大地艺术节观展，我们看到很多艺术作品被设置在田野里、山坡上、森林中，来自世界各地的人们来到一个个偏僻的小山村，为寂静的村庄带去了活力。同样，瀬户内海也有着同样的理念，艺术家们在一座座小岛上布置展品，人们坐着小船在一个个小岛间来回，美好的自然风光与艺术作品相映成趣，令人赞叹。

棚田里的"收获祭"结束后，我们就在田野里用餐——农人们在田埂上摆摊，售卖各种烧烤与米汉堡、寿司等。热烈的阳光照在大地上，山林田野散发着草木的清香，棚田里的人们依然在忙碌，挂在木架上的稻穗过两三天就可以彻底干燥，然后脱粒。一个个人影，与田野，与海水，构成一幅和谐的自然画卷。

我就在田埂上坐着，海风轻拂，这宁静闲散的时光使人留恋。一个小时之后，我们沿着蜿蜒的小径，穿过海景与森林，进入丰岛美术馆中去聆听雨滴的乐音。在建筑师西泽立卫设计的美术馆中，那不时涌现的水滴，不可捉摸的水流，还有自巨大天井里吹来的微风，以及参观者屏息静气的环境中，似乎都有一种禅意在，却不可言说。闭上眼睛，仿佛还能闻到远处田野里，微风送来的水稻清香。

2019 年 12 月 6 日

立冬粟及其他

中山朋友林毓宾，有一天问我，是否知道潮汕地区的习俗"立冬粟"。

我并不知道，遂请详述之。毓宾说，他的家乡在广东揭阳市揭西县棉湖镇，小镇例来有此习俗，即在立冬来临之前，村上农民及镇上居民要到农田中摘取12穗水稻，用红绳扎成一束，挂在家里屋梁上或是放在墙角等处，以备不时之需。

这立冬粟到底有什么用呢？

棉湖民间认为，谷穗饱满，代表福气。以前，小孩子若是莫名其妙地哭闹，或感冒发烧，大人便认为孩子冲撞了邪煞，要用立冬时摘来的谷穗与仙草叶（一种植物，潮汕人常用）泡水洗脸，方能化解。谷穗、仙草叶都是吉祥之物。有人参加亲朋的丧礼，回家前必须把一个脸盆放在家门口，也用谷穗、仙草叶泡水洗一下脸，将水泼到地上，才可以入家门。

与毓宾相识，是在广东的一次创作培训班上。后来知道他也热爱美食，这些年为介绍家乡这边的美食与文化写了不少文字。有一年，我到顺德出差，他就给我发了很多美食图片，逐一指导美食路径。

知道我对"立冬粟"感兴趣，他又特地问了母亲，答是"一直以来就是这样"，说不清是什么时候形成的习俗。他认为，潮汕人的祖先，是逃避战乱而迁居岭南的中原人，这种"摘立冬粟"的习俗，很可能也是由中原一带传过去的。

棉湖人把"立冬"叫作"入冬"，这个时节到来，就是进入冬季了。而在立冬前摘水稻的习俗，叫作"摘立冬粟"。一束"立冬粟"，12个稻穗代表12个月，预示一年平安。如果遇到闰年，农历多出一个月，当年就要摘13穗。

立冬一般是在11月7日或8日，如果是南方的双季稻，此时晚稻刚好成熟，采摘"立冬粟"是最合适的时候。毓宾还说，有些农人因为自家稻谷被人摘得多了，觉得惋惜，会委婉地告诉采摘者："那边的水稻长得更好，谷穗更饱满！"而若是对方依然青睐自家的稻谷，农人也是不能拒绝的——听起来，这似乎也很有些古风。

立冬这一天，我的老家有没有这个习俗？仔细想了想，似乎没有印象。问了几位年纪大的人，也说不曾有过。

立冬之日，还有什么习俗？仿佛不过是些"吃"的事情，吃饺子啦，吃羊肉啦，吃鸡汤啦，都是"冬令进补"的路线。现如今每到一个节气，手机里便被这些知识刷屏，看来传统文化大有复兴之势——至少民众对于节气等知识的重视，已经远超从前。到了立冬这一天也不例外，早早就有推送，诗歌当然也少不了，譬如李白的这一首《立冬》：

冻笔新诗懒写，寒炉美酒时温。

醉看墨花月白，恍疑雪满前村。

宋朝仇远写有《立冬即事》二首，其一有："小春此去无多日，何处梅花一绽香。"然而，立冬时候，梅花已经开了么？这写的一定是北方的事情吧，潮汕或者南方依然是秋阳灿烂的时候。

不扯远了，还是说"立冬粟"吧。用当下的眼光来看，"立冬粟"不免有些封建迷信的意味，而在民间，将稻米作为"辟邪"之用的，还确实不少。在南方，稻米是人们的主食，珍贵无比，民间自然就赋予其"神圣"与"吉祥"的意味。浙江一些地区，新郎发轿迎亲之时，必须用袱巾装一包米置于彩轿内，此称"坐轿米"，当地人深信可驱邪祟，保佑新娘平安。

另据我国古典传说，鬼怪若是要经过水稻田，须把这块田中的稻谷数量全部点清才可顺利通过——这也十分有趣，此桥段可以提供给网络作家们写小说用了。点清稻谷这事情难度很大，估计鬼怪们都是要畏难而退的。这也正好说明，水稻田也有着某种超乎寻常的"功用"。

以上诸说，多属"怪力乱神"一类的糟粕事物，写在此处也只是从社会学资料的角度，聊备一说，也供众位读者一哂罢了。

毓宾知道我在家乡种水稻，便常常与我交流关于水稻的知识。有一年秋天，他又给我发来两张图片，图中是堆集一处的密密麻麻的细虫，若蚯蚓状蠕动。毓宾问我，这东西吃过否。我看了一眼，鸡皮疙瘩就掉了一地，这还能吃？毓宾说，是禾虫，鲜美至极。

禾虫是什么？我望文生义，就知道一定跟稻禾有关。查了下网上的资料，"学名疣吻沙蚕，属环节动物，多毛类，是水生动物，形长似蜈蚣"。

又说，其色金黄带红杂绿，虫身丰腴，含浆饱满，行动缓慢，样子可怕，多栖身于咸淡水之交的稻田表土层里，以禾等植物为食，身长3—4厘米，通体粉红色，有时又变成乳黄色或绿色。

我看了图片——各位好奇心重的读者，不妨也搜索一下禾虫的图片（看完之后你就再也不敢吃了）。然而不少美食节目都推崇禾虫。此虫广泛分布于珠江口各地咸淡水交界处的稻田、淤泥中，繁殖时才出泥面。在20世纪五六十年代，有时一次可捕捞数百斤禾虫，用农艇满载而归。自从稻田施用农药后，禾虫逐渐减少。这些年农民种田也注重生态，禾虫才渐渐又多了起来。据说现在这东西还被称为"江中的冬虫夏草"，可见其还是很受人欢迎的。

毓宾兄说，此时秋风紧，禾虫多，可蒸可炖，可煎可炸，或是焦香可口，或是清甜香滑，可否来中山一晤，让你大饱口福，口口爆浆——来不来？

秋天早过完了，大雪也都要落下，只有等明年了吧。

2019年12月15日

米的情意

千里之外，湖北朋友 Vini 要寄一袋大米给我。我种田，田中自有稻米生长，还有人要寄米给我，岂非失虑？偏朋友说这米不一样，一定要我尝尝。不几日，大米送到，那米粒纤细瘦长，极是苗条，大约有普通大米两倍长；且米粒通体透明，十分漂亮，与广东的丝苗米有得一比。朋友说这叫桥米，产于湖北京山市孙桥镇，因此得名。桥米之核心产区，不过十几亩田地，这里头收的谷子本就不多，盯着的人却不少，也就益显珍贵。想当年，说是在明朝，就被定为"贡米"，送进宫中给皇家吃，桥米因此更沾染了一些奢华气息。这个秋天，朋友很难得弄到六十斤米，分我十斤尝尝——这就颇有点儿古意了；又专门叮嘱我，煮饭时少放些水，比平常的新米还要少些，又叮嘱我早点儿品尝，要是过了赏味期就大打折扣云云。我便甚为感动。第二天煮了来吃——那样的米饭，热气腾腾、晶莹剔透地盛于碗中，忍不住要让人肃然起敬，说一句"伊达他可依麻斯"，带着感激之心吃下去。

这几年的确有不少朋友给我寄过米，有寄五常大米的，有寄云南红米的，有泰国香米，也有老家的糯米，此外还有什么黑米、紫米、黄米、绿米、胚芽米等，分类不同，名称各异。吃着这些远方寄来的大米，我便生出一个想法，想要去各地寻游，看看那些越来越少的、即将消逝的稻米品种，跟种它们的农民聊聊天，有机会再吃它一碗饭。想法有了，却一直不能成行——如此这般周游天下，想想是很潇洒，一杯薄酒便能仗剑走天涯，一路上饭是不愁的，而那盘缠终究未有着落也。

前段时间，某朋友出游归来，送我一罐茶叶，说这茶我肯定会喜欢。打开包装一看，是玄米茶。玄米是什么？黑米吗？非也，乃是糙米。日本人把米的文化做足了，也把茶的文化做到极致，再把米与茶放在一起，就有了玄米茶。我以前去日本的清酒厂探访，知道他们做清酒是极讲究的，也是极浪费的。我们焐酒是把谷子皮都不去，煮熟发酵再蒸馏；他们酿清酒，要精米。所谓"精米步合"，你在清酒瓶子标签上都能看到，"精米度70%"，是把大米30%的部分去除，剩下的部分用来酿了这瓶酒；若是写着"精米步合39%"，那是把大米61%的表层去除了，只剩下一点米粒的芯子，用来酿酒。这不是浪费是什么？我们的酒文化源远流长，若是讲究起来，绝不会逊色到哪里去，但如果是这样一个酿酒法，怕是要被人戳脊梁骨了——我猜的。至少我是不敢，我们村的农民伯伯们，或者我们稻田大学校长同志，一定会骂得我抬不起头来。

糙米是个好东西，大米最外层的谷壳去掉就是糙米，它包括很多东西：谷皮（糠）、糊粉层、谷胚

（胚芽）和胚乳。其中，谷胚是精华所在，营养价值特别高。谷皮上有丰富的维生素 B1，缺它容易得脚气病。糙米看起来没有精米那么光鲜亮丽，但香气更浓郁。怪不得人家会把糙米炒一炒，炒成略微焦黄的颜色，再掺入茶叶，做成玄米茶。玄米茶是真香——滚烫的开水冲下去，米粒与茶叶一道在水中翻滚，炒米的香气瞬间扑鼻而来。

　　把米当作茶来吃，吴地亦有之。更多时候，是把炒米当作一道点心来吃。郑板桥在给他弟弟的信中说："天寒冰冻时，穷亲戚朋友到门，先泡一大碗炒米送手中，佐以酱姜一小碟，最是暖老温贫之具。"读郑板桥的信，想象他是个慈眉善目的长者，做事周到，为人温暖，要不然也不会那样细致入微地叮嘱弟弟。汪曾祺也在一篇文章里说到炒米——"炒米这东西实在说不上有什么好吃。家常预备，不过取其方便。用开水一泡，马上就可以吃。在没有什么东西好吃的时候，泡一碗，可代早晚茶。来了平常的客人，泡一碗，也算是点心。"要知道，在没有什么零食的年代，一碗炒米也实在是很好的东西了。我故乡浙西常山县，每到冬天也会炒米，大多是用炒米来做米爆糖——这是一种甜食，由糖把炒米粘结成块，再切成片，极是香甜。在未制成米爆糖之前，孩子们常常会抓一把炒米揣在衣兜，当作零嘴儿来吃，那也是最美妙不过的东西。

手边有一本书，《大米的正确吃法》，美国人斯瑞·欧文写的，我翻了半天，都没有看到这位厨师兼作家写到炒米或是米茶的吃法。是不是在这位美国人看来，这些吃法都是"不正确"的呢？想来不至于吧——在饮食方面，美国人想象力确实贫乏一些，思路受到诸多局限，只知道烩饭、焗饭、盖饭，顶多再加上寿司、饭团，他不知道在中国，大米还有锅巴、爆米花、泡茶等种种具有创造力的吃法。即便是一碗已风靡九州的"螺蛳粉"，恐怕也是欧文的想象力无法抵达的食物。

好在我还有另外一本书，《中国米食》，其中列举了大米的几百种吃法，连最接地气的爆米花也被收录其中。这本书里，写到一种早点，"糙米米花早点"，即把用糙米制成的米花糖切成小块，放在面碗中，把香蕉去皮切成薄片，置于米花糖上，再撒上葡萄干一大匙，然后将热鲜奶倾入碗中，即可立刻食用。——这样的吃法，中西合璧，可算是一种甜点吧？比郑板桥那个时代的炒米，已然丰富和豪华了无数倍，然而依然有一种街头巷尾的生活气息弥漫，大概是因为，炒米的香味里，天然就蕴藏了一股温暖的情意。

2019年11月11日

静静地吃一碗饭

之前看日本电影，他们在吃饭前都会双手合十，说："开动喽！"一朵问我为什么要这样做。我想了想说，这样说一句，是提醒米饭做好思想准备，免得"啊呜"一口下去，米饭要被吓到。

清晨翻《日日之器》这本书，看到里面有说："吃饭前先说声'开动！'，表示对稻米与农夫的敬意。这是从日本人以米为主食的习惯中产生的用语，隐含了生活的严苛与温暖。每粒米，都蕴含自古至今所有农夫为了种稻而费尽心血的智慧，每思及此，都让我想静静合掌，表示感谢。"

中国人相信，米饭是有灵性的，小时候一粒米饭掉落地上，老人绝不允许踩到它，而是会小心翼翼拾起来，丢给鸡吃。遥远的甘肃，一位姓韩的朋友也说，小时老太不让孩子剩饭，说碗底有金银。把稻穗遗留在收割后的田间，也是不被允许的事。

我本以为，只有中国人才这样，因为大家经历过一场又一场的饥荒。其实，这不仅仅是饥饿记忆的后遗症。相信稻米有灵，不仅是中国传统文化的一部分，在以稻米为食的许多地方，都对稻米有着同样的尊重。《作为自我的稻米》一书中写道："柳田指出，在所有的作物中，只有稻米被相信具有灵魂，需要单独的仪式表演。相反，非稻米作物被看作是'杂粮'，被放到了剩余的范畴。"

例如在日本，依然有一些习俗流传，证明稻米的神圣性。"如果某人踩到了稻谷，他的腿就会弯曲。如果用餐者哪怕把一粒米饭留在碗里，眼睛就会失明。"这也是《作为自我的稻米》里面提到的禁忌，对稻米失敬的人，将会得到相当严厉的惩罚。这样的惩罚，相信千百年来并没有真正地应验过，然而，它依然对人们的行事起到告诫作用。

稻米的地位很高，在我的记忆中，敝乡下曾有一种迷信活动：如果有哪个孩子受到惊吓，晚上孩子入睡后，就由大人盛一满碗大米，用手绢包裹，拎着在孩子头上转三圈，说些"宝宝不怕，宝宝回家"之类的话，然后把米碗放在孩子枕边。第二天，小心把米碗摆正，据说可能会出现一边缺角或是几粒米竖起来的现象，"有经验"的人就可以从中得出结论，说孩子是在哪个方位被什么东西吓着了。

现在破除迷信，这样的占卜祛邪之事，已然没有人做了，也没有人相信了。这固然是好的，但我认为，从另一个方面来看，"信"，其实是一份约定，一丝敬畏，一种从内心里生长出来的做事规则。现在的人们，好些时候不再"信"，也就什么都不怕了。不要说碗里剩几粒米，脚下踩几颗饭，就算是把有毒的大米拿出去卖，在被抓进牢狱之前也照样可以喜气洋洋。

这是扯远了。然而对于米饭的尊重与敬畏，只有真正挥汗如雨的农夫，才有深刻的体会，并且把这种尊重与敬畏，延续到日常的生活当中。我的父亲，一介农夫，每一次在碾米的时候，都会极其认真与慎重，从不提前许多天碾米，而是吃多少，碾多少。听他说只有这样，才能保持大米的新鲜口感。平时，他是把谷子储存在大型的木质谷仓中。

书上说："在日本文化和将稻米作为主食的其他文化中，一个观念认为，每一粒稻谷都有灵魂，且稻米是生活在稻壳中，这是赋予稻米的一个基本意义。例如，传统上消费前会慢慢地脱粒，以防止稻米失去灵魂；稻谷不久就失去了生命成为'陈米'。"

现在，不管是日本人还是中国人，大概都不会相信稻米具有灵魂，或是什么谷壳包裹之下存在着稻米灵魂这样的事。但是直到今天，父亲依然延续少量碾米的习惯。有人在网上下单购买我们家"父亲的水稻田"大米，父亲都是头天傍晚才会碾米，第二天一早把大米快递出去，还要叮嘱我说："记得告诉人家尽早把大米吃掉，不要存太久哦。"

前段时间，有一个"煮饭仙人"的故事流传很广。说的是，在日本，有一位叫村嶋孟的老人，在"煮饭"这件事上有着极深的道行——他将毕生心血倾注到做好一碗白米饭之中。这位老人童年时身经战火，亦曾无家可回，流离失所，最艰难的时期，一度流落至捡面包配杂草充饥度日。那时他便认定，"能吃到一碗热腾腾的白米饭，就是人生幸事"。也就是这样，后来他把毕生精力都用来追求最简单质朴的幸福。人的生命很短暂，人也非常渺小，他从一碗米饭里，看见爱与人的本质。所以，他才一直坚持，要用灶台煮出最好吃的白米饭。

要我说，这样的故事，说来还真是平淡，一点波澜起伏都没有。可是，不知道为什么，听起来却有惊心动魄的力量。

这让我想起，静静地吃一碗米饭，是一件多么平凡却重要的事。一碗米饭，就是一份约定，一丝敬畏，一种从内心里生长出来的做事规则。日本人在吃完一碗饭时，常会说一句感谢的话，直译过来是，

"为我的奔走"。我想，人的一辈子都在奔走，能静静地吃一碗饭，静静地做一件事，都是十分值得感恩的。

吃饭时吃饭

1

种田种了好几年，偶尔有不熟悉的朋友问，现在水稻田有多大规模了。我说，还是三四亩，人家就惊讶——怎么还是三四亩，没有进步吗？

我说，三四亩已经足够。

2

左等右等，父亲等来挖掘机，声势浩大地来到田边，伸出长臂，在稻田的一角掏呀掏，不一会儿就掏出一口井来。

父亲想挖一口井想好几年了。

这个冬天大旱，两个多月没有正经下雨，田间种的冬油菜也无精打采。父亲每天用一辆三轮车从几百米外运水，再用水桶挑到田间，一勺一勺，喂给油菜们。

去年冬天如此。许多个冬天也如此。当然夏天也会缺水。父亲就盼望田边有口井。现在井成，地下三米汩汩地涌出水来，父亲很高兴。

四个水泥预制井圈，是从县城买的。我和父亲拿着绳子、木棍，要把井圈放到井下去，舅舅和大伯闻讯赶到，一起帮忙。井圈很重，我们想了好多办法，终于齐心协力，把井圈固定到位。

这稻田底下，原先就是一条河。

现在河流改道，已在一里路外。

3

田里有了井，明年水稻更好种一些，种油菜、玉米、土豆，也都方便了。

有一年，我让父亲在田里种了一些紫苏，实在是因为喜欢闻紫苏的香气，也喜欢用紫苏来腌一点黄瓜吃。想着等紫苏收了，要给稻友们分寄一些。结果大旱，紫苏没有几片叶子，没有寄成。

我把手机给父亲看，说钱老师评上院士了。父亲搓着手，说那真是不容易呀，大喜事。去年夏天，钱老师到我们家来过，还跟父亲握了手。

父亲是"稻田大学"校长，这个职位说出去也不丢人。我是"稻田大学"学生，种了这几年，至今不能精通，更加觉得种田不易。钱老师也是种田，还能把论文写上国际刊物。同样是种田，各人所得，却是不一样的。

4

"稻之谷"建造一年，装修一年，终于有点儿样子了。门前的旧屋已经拆除，一幢平实朴素的房子在山谷之间，有卧室，有书房，是我喜欢的样子。

露台上可以望见稻田。

5

稻友们出去旅行，最近一次，是去苏州阳澄湖吃蟹。

说是吃蟹，却先去逛了几家书店。其中一家旧书店"文学山房"，是苏州的百年老店，主人江澄波是位九十四岁的老先生。

旧书店小小的，静静隐匿在平江历史街区，一条巷子的角落。

稻友们都是爱书人，淘宝一样，从店里淘了好些旧书。《怎样养好杜鹃花》《学校体操教材选集》，诸如此类。又买了老先生所著《吴门贩书丛谈》上下册，请先生签名。

老先生说，这书店是他的祖父开设于光绪二十五年（1899），专门贩售古籍。到民国二十年（1931），书店鼎盛，古书盈架，文人雅士接踵而至。听说那时候，张元济、顾颉刚、郑振铎都是书店的常客。

告别时，我们与老先生在店前合影。先生耳聪目明，还能写字，也能修补古籍善本。

6

喜欢一句话：吃饭时吃饭，睡觉时睡觉。

我在乡下住着时，执行得好一些。若有一段时间在城中，就会发现自己该吃饭时往往不吃，该睡觉时也不睡。或是，吃饭时也不只是吃饭，想这想那，睡觉时也不容易睡着，也想这想那。

就回乡下去住几天，心思于是就单纯一些。

扛上锄头去田间劳作，或是扛上锄头去竹林挖笋，都是心思单纯的事情。劳作回来，在灶间烧火、煮茶、吃粥，也是心思单纯的事情。

7

南京的齐先生问我，今秋的新米还有无，想要一些。

我便给他寄了两布袋大米去。

齐先生去年秋天吃过我们的新米，觉得好，说吃这样的米是一种福分，要有口福之人才可以。口福是什么？就是福分。

我邀他明年春天有空来乡下小住几日，也可以下田插秧、拔草，这样口福当更深一些。他预约了明年的一百斤大米。

8

吃饭时又吃到一粒石子。

"咔"一声，猝不及防，只好把一口饭吐出来。

我们的稻谷从田间收割，又晒在水泥地面，收割和翻晒过程中，不免要掺进几粒小石子。我担心这样的石子，让稻友硌着牙，或有不佳的感受。悄悄问了几位，都说不碍事。

一位说："有石子的饭，吃起来反而更踏实，知道是来自哪块田地。"

另一位说："米饭里有石子，原本是一件正常的事情啊。"

这样才觉得放心一些。

9

去过永福禅寺，见到墙上写着几个字："无处不是道场"。回来半天还想着这句话，越想越觉得好了。

到田间走一圈，田野里寂静无声。

2019年12月25日

一日不作，一日不食

　　庚子年正月，为避疫情，居于家中足不出户。下厨，煮青菜、豆腐皮、肉炒香菇，吃得津津有味。午饭后习字，写一幅字："一日不作，一日不食"。

　　此句之由来，是唐代的一位高僧，百丈怀海禅师。百丈禅师年轻时，就与僧众一起"出坡"，从不间断。所谓"出坡"，即在寺院干农活。百丈禅师倡导的是以农禅为生活，这当然会很辛苦，但他每日都是亲自劳动，不避苦累。后来百丈禅师年纪渐渐大了，每天依然跟大家一起上山下地，自耕自食。弟子们见师父年事已高，再干这些粗重之活，于心不忍，便恳请他不要随众劳动。但百丈禅师仍坚决地说："人生在世，如果不亲自劳动，那不成了废人了吗?"

弟子们无奈，想了一个办法，悄悄将百丈禅师所用的扁担、锄头等工具藏起来，不让他做事。禅师遍寻不着自己的农具，只好歇息，但也因此不进饮食，一连三天，皆是如此。

弟子们很焦急，问:"师父为何不饮不食?"

百丈禅师答:"一日不作，一日不食。"

弟子们没办法，只好将工具又还给百丈禅师。此后每天，大师依然随众一起出坡，一起干活。百丈禅师主张的"一日不作，一日不食"，后来成了古训。

在我老家乡下，许多老人，一辈子都在劳作。即便是七八十岁了，身板依然健朗。我以前也很不解，觉得老人辛苦，有时得闲与老人聊天，听到老人说，"有得做，做得动，都是很开心的"。

他们还说，要是没得做了，这身子骨就会闲出毛病来。

后来我自己也干一点农活，渐渐地，悟出一点道理来。

干活，真的不仅仅是谋食的手段，也是让身心愉悦的一种方式。正是这样的劳作过程，使得自身的价值得以体现，觉得自己是一个有用的人。而且劳作的过程，心手合一，心神凝聚，其实也是一种修行。劳动时的寂静之美，是需要去领悟的，是劳作本身赐予劳动者的果实。日复一日的劳作，也并不枯燥，这本身含有一种学习、积累、创造的乐趣。当一位经验丰富的老农，可以把他的毕生经验用于一片土地，使庄稼长得很好，蔬菜硕果累累之时，无疑是莫大的快慰。当果实成熟，将这成果与人分享，又是另一件令人愉悦的事。

这劳动里面，包含了这一层又一层的丰富意义，怎么会枯燥呢？

同样，我们的写作也是一种劳作，要让一个作家停止写作，或让歌唱家停止歌唱，都是很残酷的事情。

我认识一位日本朋友，年纪很大了，依然坚守一个小店，每天很早就去菜市场挑选购买食材，亲自做出美味的寿司。他说，看到客人们享用时露出满足的表情，是他最为快乐的事情。

在日本，很多人都认同这样一种观念："劳作即修行。"大概这也可以解释，为什么在日本会有那么多的匠人，一辈子守着自己手上的技艺，并精益求精，达到出神入化的地步。而我们很多人，并非真的做不好事情，只是缺乏那样一种修行的精神，从而无法维持那样一种常性罢了。

这些天足不出户，读书、写字、观影、插花，没有下地干活，但每日坚持在纸上写一点文章，也算是一种劳作吧。

2020年2月3日

农书存目

《氾胜之书》。

到战国时候，重农思想已经形成，且深入人心。诸子百家著作中，几乎都可以找到重农的言论，及有关农学知识的记述。"农家"学派，是专门研究农学知识的，我国最早的农学著作《神农》《野老》等，就是他们的作品。不过，这一时期的农学著作多已失传，所能见到的只有《吕氏春秋》中《上农》《任地》《辩土》《审时》四篇。汉代《氾胜之书》，是更为准确、深刻和丰富的著作，亦是我国农学进入成熟阶段的重要标志。

《四民月令》。

著者，东汉崔寔。此书按月份、节气先后，排布一年的农事与生活事务。后世流传的不少月令类农书，都源于此著。中华书局出有《四民月令校注》，系"新编诸子集成续编"中的一种。

《齐民要术》。

在《四民月令》完成近400年后，出现《齐民要术》。其间也有一些畜牧和种植方面的著作，流传下来的有《竹谱》和《南方草木状》等，但北魏贾思勰的《齐民要术》更为重要，系我国现存最早和最完整的农学名著，是一部综合性农书，堪称农学发展史上的一个里程碑。该书对公元6世纪以前，北方旱地农业生产技术的总结和阐释较为全面、精到，对后世农书写作有极大影响，因此为农史学者推崇。全书10卷，共92篇。上海古籍出版社出有《齐民要术译注》，乃"中国古代科技名著译注丛书"之一种。

《茶经》。

陆羽著。茶学经典。现在新出的版本众多，可能是诸多农学书中再版重印最多的了。

《四时纂要》。

晚唐韩鄂著，兼采字书、综合性农书和农家月令书之长，重视对农业生产技术的记述，是中国最早记载种茶树、种菌子、养蜂以及多种药用植物栽培技术的著作。

《耒耜经》。

唐末陆龟蒙著，专论农具，也是首次涉及江南农事。人民出版社1985年6月出版的《中国古代农机具》（章楷编著），多次引用《耒耜经》，尤其是犁具；近年山东科学技术出版社的《中国农具发展史》、社会科学文献出版社的《农业民俗研究：节气、农具与乡土景观》也是关于农具方面的论著。

《司牧安骥集》。

唐李石等编著，系我国现存最古老的兽医专著。

《陈旉农书》。

南宋陈旉（音夫）著，现存最早反映江南农业生产的一部典型地方性农书。首次把蚕桑录为农书的重要部分。

《橘录》。

宋韩彦直著。第一部专论种橘之书。宋代有种类繁多的专业农书，如蔡襄《荔枝谱》、秦观《蚕书》、陈仁玉《菌谱》等。花木专著有20多种，如欧阳修《洛阳牡丹记》、王观《扬州芍药谱》、陈景沂《全芳备祖》、刘蒙《菊谱》、王贵学《兰谱》等。

《王祯农书》。

王祯著。继《齐民要术》之后，又一部重要的大型综合性农书；也是中国农业科学技术史上第一部兼论南北，从全国范围总结农业生产经验的农书。全书分"农桑通诀""百谷谱"和"农器图谱"三部分，约11万字。其中"农器图谱"包括20门261目，展示了古代农业生产工具的卓越成就。书中附农具图300余幅，每件农器后附有图说和铭赞诗赋，说明该农器的构造和用途。后世撰写农具书，必涉及此著。

《农政全书》。

明清时期，有两部大型综合性农书，一部是明末徐光启的《农政全书》，是中国古代最大的一部农业百科全书；另一部《授时通考》，是清朝乾隆皇帝下令编写，中国历史上最后一部大型综合性官修农书。该书除了大规模汇辑前人资料，引用古代农业文献达200多种，此外并无新颖之处。《中国农学书录》著录历代农书总计为541种，明清时期就有329种，占60%。明清时专业农书较多，如《龙眼谱》《水蜜桃谱》《桑志》《鸡谱》《养鱼经》《救荒本草》《治蝗全法》等。另外地区性农书也较多，如湖州地区的《沈氏农书》、四川地区的《三农记》等。

2020年2月4日

后记

先后给这本书起过几个书名。最初想用"侘寂帖"。"侘寂"一词,源自日本的俳句与茶道,有闲寂、清寂的意思。我在家乡,浙江衢州市常山县的乡下种田之后,先后去过几次日本,和稻友也一同去过,在田间收割水稻,在山野看艺术展。喜欢那里的农人对于自然山野的态度。而"侘寂"之美,也是我很喜欢的,不张扬,很内敛,却自有一种沉静的力量。这是心有定力的人所为。我常在稻田之中,获得这种沉静的力量。

后来想用"好好吃饭"作书名。这本书里的文字,是种田之余所得,我之种田,除了田间收获稻谷，纸上耕种收获的就是文字之谷粒了。现在的一些小孩子，不懂、不会好好吃饭，而种田之后，我对于"好好吃饭"这四个字又有了新的理解。尤其是"吃饭时吃饭，睡觉时睡觉"一句，蕴藏生活哲学，教人心意安定，乃是大智慧。

几乎在全书定稿之时，才决定用现在这个书名。"一日不作，一日不食"，自是一种朴素的生活观。在一片小小的水稻田里劳作，对我的心境也产生了影响。用种田的心态写作，用写作的心态种田，几年下来，写下不少文字，分别集成《下田：写给城市的稻米书》《草木滋味》《草木光阴》等书出版。"一日不作，一日不食"这句话，也是对自我的勉励。因为，写是写的奖赏，写作这件事，是日日的修行；人不能躺在一季的收获上睡觉，冬去春来，周而复始，劳作这件事没有终点，一日一日，不负韶华，才是一个种田人，也是一个写作者，所肩负的使命。

这本书里的部分文字，曾在《人民日报》《文学报》《解放日报》《文汇报》及一些文学刊物发表，并被《散文选刊》等刊转载；又应《中国自然资源报》编辑之邀，开设《稻田相见》专栏，每周一篇定时刊发，历时一年。谨对各位编辑表示感谢。还要感谢广西师范大学出版社，玉成此书的出版。

对一位写作者来说，有一片自己的水稻田是幸福的；对一位有抱负的写作者来说，这片水稻田自不应限于一亩三分地。我站在一小片已然流传千百年的水稻田里，站在诗意江南的蒙蒙烟雨中，也站在日新月异的时代田埂上。这是一个须脚踏实地，又要遥望星空的任务。这也令我想到，我们自己的光阴，应当怎样度过。我们的目光，要怎样穿越局限，才能容纳这寂静河山。然后，又要怎样融会贯通，才能在胸中流淌出一条自己的精神河流。

2020年5月20日
于浙江常山，稻之谷

附录

散文就是人在天地间的活法

王加婷

1

从前有一个叫作"听草长"的印第安人,他将耳朵贴在地上,可以听到草生长的声音。他听到的不是沙沙声,不是唑唑声,而是完全不同的声音,这种声音听起来就像是有人在轻轻挠自己的耳朵。

每次只要听到这种挠痒的声音,"听草长"就会笑着站起来,对他的同伴说:"小草在生长呢!"

对善于观察的人来说,最渺小的事物往往就是最重大的事物。

可以肯定的是，"听草长"的耳朵里藏满了大自然美丽的灵感。

在我认识的人当中，会听草长的是作家周华诚。

在周华诚先生的《下田》《草木光阴》《草木滋味》等几部散文作品集中，他有很多文字直接来自对大地的倾听与对自然的观察。在其中一篇中，他写道：

　　村庄其实是从草叶尖上醒来的。早起的鸟儿在草叶尖上品饮露珠。在稻田里漫步的鹭鸟，抖落了一排露水。露水跌到田间，就碎了，就融入稻田的水中。所有碎了的露珠，把我的一双鞋悄无声息地打湿。太阳出来。草叶尖上一晃一晃，晶莹剔透的光线错综复杂，就把村庄从睡梦中晃醒了。(《村庄是从草叶尖上醒来的》)

从一棵草的眼中体验生命与自然。作者择定的视角是小的，切入点也是小的。但是从"小"处集中力量的文章，更见作者松弛的心性和自由的情思。

阅读周华诚的文章，可以很放松，就像在郊外倾听鸟儿的话语。一只鸟"呼呼"地叫了起来，然后又是一声，虽然你坐着没动，但可以感受到身体细胞苏醒时的细微变化。

这种放松，来自作者写作时气息的松弛。

周华诚写散文从不端着一个架势，用史料把文章搞得密不透风。也从不摆谱，或故作高深。

正如他自己所说，好的文章气息须是松的。好散文是自然地把自己的情感心性、见识流露出来，而决不落到堆砌知识或者资料考证的网罗里。

散文之大，不在于某种外表，而在于它深处所敞开的精神秘密有多少，里面所隐藏的生命感悟有多少。

一篇好的散文，是作者个性、气质、修养、趣味和才情的自然而然的流露。从小处切入的散文，同样可能是大散文。

2

梁实秋在《论散文》里写："散文是没有一定的格式的，是最自由的，同时也是最不容易处置，因为一个人的人格思想，在散文里绝无隐饰的可能，提起笔来，便把作者的整个的性格纤毫毕现地表示出来。"

周华诚的散文很风雅。这种风雅，不仅指语言，它更是一种松弛、宽广的心境。

读他的散文更像是一种日常的言说，或者邻人间的交谈，质地清晰，带着作者自己的身体气息。

立秋日，一边吃茶，一边剥莲子吃。茶是云南的茶。春天跟朋友一起入几座茶山玩，是在景迈山吧，看到有当地老婆婆在叫卖自己做的茶，及自己采的蕈子。真正的茶人，是看不上这样的茶的，没有包装，也不上档次，无非是一大袋子散叶而已。我去观望，与老婆婆用相互听不懂的语言交流，咿咿呀呀，比比画画，兴高采烈却不明白对方的意思——语言有时候就是这样，无非是沟通的工具罢了，其意义倒在其次。比如听雨滴敲打在蕉叶上，微风吹过稻叶尖，虫子在屋外瓦隙间鸣唱，都是一种语言，无法翻译，却令人感到愉快。(《莲子的光阴》)

雅致的语言，必然是从一种文雅的心灵里来，所谓文心和人心的合一，并非一句虚言。

真正的好散文，是供人闲读的。只有闲读时，读者的心才能贴上去，才能触摸到散文的生命和体温。散文一旦没了那种从容的风采，就不能不说是一个巨大的缺憾。

许多时候，散文是"无用"的，它仅仅是为了呈现作者的一片闲心而已。

散文渴望自由，它的无法归类，正好为人类一切无法归类的情感和心灵碎片提供了含混的表达方式——散文散文，很多时候，其实就是散漫的文字。

冲淡是周华诚写作散文的一种心态。"散"是一种神态，笔下出来的却是冲淡与隽永。

> 远人兄，时节已入秋，然江南依旧是酷热难当。此前我到北方，北方天地阔大，草长莺飞，不像江南小山小水。江南的文人，日子大多消磨在后花园里，消磨在小情小调里，是一份斯文，偶尔不免也露小家子气，这和北方的勇猛不能比。此刻我面前的茶盘上有一只干莲蓬。莲子也是很江南的东西，莲叶何田田，从前我们这边人家，书橱碗柜上都会有莲叶荷花的漆画。两个没有吃的莲蓬，在时间里阴干了，很有味道，我书桌上的一个，送给你。(《寻花帖》)

散淡之本是"自然心"。好的散文，正是这种

"散文心"的自然、朴实和随意的流露，它是从天地自然、现实生活中体验出来的。

就像晚明小品，以闲适为格调。其主旨是散文作家以从容不迫、闲散自许的超脱态度来对待散文的写作。

"似平凡而实闲适，似索然而实冲淡"，从而使散文作品达到"性灵无涯""会心之顷"的"天地间之至文"的境界。

3

味道或文字，会因其平淡无奇而更加吸引人。

周作人在散文中提倡"涩味"和"简单味"，认为这样才耐读，才可以造出雅致的俗语文风来。

周华诚的散文中有简单味、平淡味、余味。《春山慢》——

来，到南山来，坐下来喝一杯茶。

这世界太快，坐下来，喝一杯尚田的春山慢。

新水添上二三回，喝着茶，心里就会"铮"的一声响起来。就好像静夜里，"铮"的一声清脆的响，茶器上又多了一条开片的纹路。（《春山慢》）

它叫人聆听的，是茶片自己的消逝与回归混沌。它在消失瞬间，使我们从听得见之境，逐渐过渡到听不见之境，使我们感知到这两种境界之间持续不断的过程。

这不禁让我想到，茶人将茶釜中水沸开的声音比拟成林间的阵阵松风。向茶釜中注入清水的瞬间，一直作响的松风会立即停止，那一瞬会进入到无声的世界。

无声之美，造就了从空无中感受最丰富且无限想象的空间。

约翰·凯奇的《4分33秒》，这首被誉为"无音"

之乐的乐曲，它的乐谱上没有音符，演奏者在钢琴前什么都不做，保持沉默即是它的演奏。

这首乐曲阐述的就是禅宗所说的"无即是有"，音乐断掉的瞬间才会感到音声，自己所有的感官都会得到自由。

也因此，平淡与无声的特点，就在于它无法被任何一种特殊的因素固定下来，因此能够变化无穷，引人遐想。

就像品尝一道菜，当味道很淡或者无味的时候，"品味"就变得有意思，因为它不能被定型，而可以向各种可能的变化敞开。

天地间充满未知。通过品味好文章的余味、好音乐的余音，我们融入天地自然之间，会发现我们自己的身体内部，也充满了谜样未知的自然。

4

节制是一种修辞，也是一种艺术。美在适当，说的就是节制。不知节制的抒情，只会流于空洞地感怀。

周华诚的散文成功避免了过度抒情。他没有把散文——最为自由的文体，简化成抒情的工具。

为了表达对自然的喜爱，他有时会直接舍弃赞美，而只是用一种素朴的形式写出来。比如列举，列出他熟悉的十多种草木的名字——

啾。啾。啾。

清明——归啾。

清明——归啾。

鸟的品种确实是非常多，音色混杂，各不相同。大太阳，我坐在门前桂花树下，喝明前的奉化曲毫茶。阳光洒在大地上，我却落了一肩的油菜花粉。其实也不只是油菜花粉，更有蓬藟花粉、紫花地丁花粉、梨花粉、李花粉、海棠花粉，甚至是青菜花粉。青菜花，我摘了一小把，插在空了的啤酒瓶里，搁在桌上，喝茶的时候顺便看花。(《十二秒鸟鸣》)

对于生命的倾听，是为了忠实于生命的本体感觉。十二秒的鸟鸣，多么简单，多么专注。这种由耳朵所实现的幸福和乐趣，离现代社会越远，离心灵越近。

其实，解放的是全身的感官，又何止耳朵？作为一个虔诚的谛听者，正因为尊重耳朵，才写下了这批见性情重记忆、感念故乡和大地的文字。

5

"思"这个字，由"田"和"心"组成。思想要有一个容器，我想这个容器在周华诚心中就是水稻田。

周华诚自称是稻田工作者。他最大的乐趣是去观察水稻的生长状况。漫步在稻田间，对他来说，是一种享受。

> 我在稻田里走来走去，这是稻田的小旅行，故乡的小旅行。我今天甚至想，是不是可以开发一条稻田旅行的线路，目的地就是我们的稻田。不收门票，你可以随时来。但是，只有心里有美的人，才可以发现它的美；只有不赶时间的人来了，它才会向他们摊开自己的美。(《草木光阴》)

地理学意义上的三四亩田地，成了一个辽阔的精神疆域。这片水稻田，已成为周华诚近年来在写作中极具探索意义的地标。而他走向水稻田的脚步与心境，有一种别人没有的平静和自在。

水稻田，和一个人的一生、一个村庄的命运血肉相连。这个连接点非常重要，它是作家与世界相连的通道。

一片水稻，它的背后，也维系着敬畏、文明、纪念等精神含义。

如果说学而优则仕是一种事业的追求，耕读，则可以说是一种风流的实践。

"既耕亦已种，时还读我书。"陶潜这句诗，早就道出了中国文化传统的一个密码：耕读。晴耕雨读，是文明社会最为自然惬意的生活状态。

对于周华诚来说，几年前他辞职，回老家种了一块"父亲的水稻田"，并不是简单的故乡追忆方式，而是一种耕读实践，也是在建构一个新的故乡。

当他带领稻友一起赤脚下田时，感受到的是四时光阴。故乡的人和在城市里生活的"我"，形成一种新型的对话关系，这种关系的重建，敞开的是一个新的世界。

正如他自己所说："为了寻找心中的风景，大家都在向着远方行去，那是向外求。向外求，风景是建立在客观条件上。而向内求，才是终极解决之道。有了看风景的心，风景也就处处都有了。"

"耕不废读，读不废耕"，如果用这样的心态对待世界，一个人就永远不会失落，因为有一个可以应对一切的精神世界。

6

对于自然的热爱，在许多优秀的作家中是有悠久传统的。在英国人心中，英国即乡村，乡村即英国。古朴、秀丽、悠闲、安宁的乡居景致，是天下闻名的英国特色风情了。英国人天生对乡村充满深厚的情感，对自然之美充满敏锐感知，对农田劳作和花草种植充满热爱。

英国作家吉辛在《四季随笔》中记述了自己逃离都市、漫游农村的生活。他在山村、农场、田舍之间，顺着花正盛开的苹果园，从一个小村到另外一个小村。这让他感到难言的享受，有一种走进了新生活的快乐，这些优美的古村落，让人产生宁静与安全之感。

一个不热爱大自然的人，很难培养起很强的美的感受能力。

好的作家，能与大自然保持紧密联系，从大自然中汲取和培植那些好的文字，同时建立起自己的世界观与信仰。同样，在周华诚看来，他的散文艺术与生活艺术，其实是相通的。

周华诚一直认为：一个作家的写作，不管他写的是什么题材，写的是城市还是乡村，写战争还是写爱情，无非都是在呈现他自己的世界观。那些"题材"，无非是表达他自己世界观的一种表象罢了。

而在我看来，周华诚已经把写作视作生活的一部分了，散文就是他在天地间的活法。或者反过来说也一样成立——他把种田这件事也当作一部重要的作品在持续书写。

这让我想起莎士比亚的一句话："在众声喧嚣中，还可以找到少数默不作声的人，他们在清静的草地上散步，弯腰欣赏花朵，抬头观看日落，唯独这些人值得思念。"

（本文原刊登于《文学教育》杂志2018年第9期，作者王加婷，青年作家，著有《我有蒲草》等。）